COLLECTION FOLIO

Jérôme Garcin

Olivier

Postface inédite de l'auteur

Gallimard

© Éditions Gallimard, 2011, et 2012 pour la postface inédite.

Jérôme Garcin est né à Paris le 4 octobre 1956. Il dirige les pages culturelles du *Nouvel Observateur* et anime *Le masque et la plume* sur France Inter. Il est notamment l'auteur de *Pour Jean Prévost*, prix Médicis Essai 1994, *La chute de cheval*, prix Roger Nimier 1998, *Théâtre intime*, prix Essai France Télévisions 2003, et *Son Excellence, monsieur mon ami*, prix Prince Pierre de Monaco 2008, tous parus aux Éditions Gallimard.

Frères, n'oublions pas ceux qui dorment à l'ombre
Sous la croix, et qu'un mot de nous peut réveiller...

MALLARMÉ

Je viens d'avoir cinquante-trois ans ; nous venons d'avoir cinquante-trois ans. Je n'aime pas ce rituel. Il réveille une douleur que le temps a fini par discipliner, mais qu'il n'a jamais réussi à effacer. Il ravive une colère d'enfant révolté par l'injustice, une hébétude, un effroi, dont, malgré tous les efforts qu'on fait pour se tenir droit, on ne se relève jamais.

À chaque anniversaire, le même trouble me saisit : j'ai l'impression que je ne suis pas seul. Il m'arrive même, sans rien en dire à ceux que j'aime et qui m'entourent de leur affection, de m'étonner de ton absence, de pester contre ton éternel retard, de lorgner vers la porte d'entrée, de te guetter, d'imaginer que tu vas m'aider à souffler les bougies — à deux, quelle furieuse tornade ce serait, et quelle rieuse bourrasque. À deux, on ferait un vaillant centenaire.

Mais tu n'es jamais venu autrement qu'en frôlant, de ton aile d'ange, mon épaule et la pointe sensible de ma clavicule fracturée après une chute de cheval. Est-ce une illusion ou une résignation ? Il me semble que, les années passant, ta caresse se fait plus pressante. Plus tu t'éclipses, et plus tu es présent. Peut-être est-ce toi, en vérité, qui trouves le temps long et m'attends, tapant du pied, calculant les heures Dieu seul sait où.

Pour moi, les absents ont toujours raison.

Il me reste une photo, en noir et blanc, de notre dernier anniversaire ensemble. Elle est datée d'octobre 1961. Nous avons cinq ans. Il y a plein de cadeaux, de gâteaux, de bonbons, de pochettes-surprises, sur une table ronde et blanche, dans le jardin de Bray-sur-Seine gouverné par un très vieil acacia au tronc si gros qu'on ne peut l'enlacer et aux racines si protubérantes qu'elles paraissent former une manière de tumulus enherbé. La lumière de l'automne est encore claire. Nous sommes debout, aux côtés de Catherine, Chantal et Anne, nos trois cousines en kilt sage et chemisier blanc, une barrette dans les cheveux. La fête va commencer. Je semble impatient de manger, à moins que ce ne soit simplement l'impatience de grandir. Tu es plus mélancolique, un peu détaché. Ton beau visage maigre incline vers le gravier blond. On est heureux et tu es ailleurs. Comme si, à cet instant précis, sur le perron de cette grande maison où nous avons grandi, où nous avons tant joué, où nous n'avons fait qu'un, tu pressentais que tu n'aurais jamais six ans.

J'ignore pourquoi je viens d'écrire cette phrase étrange. Sans doute me réconforte-t-elle rétrospectivement. C'est si facile de faire parler, longtemps après, les petits morts. Mais j'aimerais croire que tu n'as pas été pris au dépourvu, que tu savais ton temps compté, que tu avais conscience d'être un vivant provisoire, et que tu étais déjà, sur la lourde terre du Provinois, plus léger que l'air.

En observant toutes les photos que je garde de toi, et où, à la montagne, à la campagne, à la mer, nous sommes inséparables, indissociables, je suis frappé par ta grâce, ta vulnérabilité, et une délicatesse suspecte, comme une présence fantomatique. À côté, j'exprime la rondeur de la vie, l'épaisseur des choses, je m'inscris dans la durée, je suis gourmand et obstiné — on peut supposer sans mal l'homme que je deviendrai, l'amoureux des vieux arbres, des hautes frondaisons et de la terre travaillée. Tu es une plante fugace, un ageratum à fleurs bleues ou une impatiens rouge — c'est un nom qui te va si bien, Anne-Marie en plante souvent devant la maison, elles sourient au soleil, acceptent d'être éphémères et puis disparaissent avec l'hiver de nos vies ; moi, je suis plutôt du genre vivace, un buddleia, dont les fleurs mauves attirent les papillons, les fugitifs, ou un gunnéra à l'épaisse tige à rhubarbe, qui a les pieds dans l'eau, ne craint pas la tempête et revient, même quand on l'a oublié.

Mais les photos font-elles foi ? Disent-elles la vérité ? Est-ce que je les examine ou sont-ce elles qui me dévisagent ? Lorsque je tente de les faire parler, de te faire parler, je pense à ce que m'avait confié notre grand-mère maternelle, Madeleine Launay, que nous appelions Mam et que nous adorions, t'en souviens-tu ? Je devais avoir dix ans. Elle avait pris ce jour-là sa voix la plus douce, la plus chaude, pour me livrer, c'étaient ses mots, deux *secrets*. Le premier était d'ordre religieux. Pendant la messe, le dimanche précédant l'accident, et alors que ni toi ni moi n'avions fait notre première communion, tu avais soudain quitté ta place au moment de l'eucharistie et rejoint, dans l'allée centrale de la vieille et humide église de Bray, la lente procession des adultes pour aller recevoir, sur la langue, avec évidence, l'hostie consacrée. Le prêtre te croyait plus âgé, ou peut-être fut-il saisi par l'expression de ta foi, par l'énigmatique profondeur de ton visage, il te la donna, y ajoutant un sourire intrigué.

De ma chaise, je t'avais observé marcher vers l'autel avec étonnement, un peu de jalousie mais aussi de contrariété, car tu avais enfreint la règle en vertu de laquelle seuls sont admis à communier ceux qui y ont été préparés, autorisés. Dans le récit que m'en fit ma grand-mère, je compris qu'elle voulait attribuer à ta communion prématurée le symbole d'un viatique et le poids, plus invisible que l'air, d'une extrême-onction. Certes, Mam était très pieuse. D'autant plus inspirée et inspirante qu'elle était née dans l'athéisme militant. Son père, Eugène Penancier, garde des Sceaux d'Édouard Daladier, sénateur radical-socialiste, maire de Bray-sur-Seine, avait la haine des curés. Et c'était à son insu, contre sa volonté, avec une ferveur renforcée par la clandestinité révolue des temps révolutionnaires, que, à la fin de l'adolescence, elle était allée faire sa première communion à l'église Saint-Séverin. Mais, si croyante fût-elle, notre grand-mère n'avait pas inventé ton geste. Elle y voyait seulement la preuve que tout est écrit et qu'il y a, chez les enfants qui vont mourir, une trace manifeste du Dieu qui les réclame, de l'au-delà qui les aspire.

L'autre secret logeait au fond de la nuit obscure. Dans la même maison de Bray, tu avais fait un terrible cauchemar. Au milieu du jardin aux pelouses rondes et féminines, les adultes parlaient à la lumière des chandelles. C'était presque l'été; c'était la veille de l'accident. Et soudain, là-haut, tu avais crié et pleuré. Mam était montée dans notre chambre. Elle avait calmé ton irrépressible angoisse. Tu venais d'avoir la vision d'une guerre effroyable, tonitruante, dont nul ne réchappe. Et tu avais demandé à notre grand-mère pourquoi, au lieu des armes assassines, les soldats ne portaient pas plutôt des boucliers, rien que des boucliers. Tu rêvais d'une bataille d'enfants, d'un front d'innocents. Tu réclamais la paix. Tu refusais la mort. Mam avait séché tes larmes tandis que je dormais dans mon lit du profond sommeil de l'insouciance.

Ces deux histoires, je ne les ai jamais oubliées. Elles ont fait un étrange chemin en moi. Elles me poursuivent depuis plus de quarante ans. Elles se sont accommodées du long silence où je les conservais — en les couchant aujourd'hui sur le papier, il me semble que je t'aide un peu à te relever. Elles attestent la prémonition qui saisit, à pas d'âge, ceux qui s'apprêtent à disparaître, comme s'ils voulaient ainsi avertir ceux auxquels bientôt ils vont tant manquer, les survivants hagards d'un désastre intime.

Chaque fois que je relis les derniers mots écrits, en avril 1973, par notre père, Philippe, juste avant sa mortelle chute de cheval, dans le beau texte inachevé qu'il consacra à Charles Péguy et dont les pointillés semblent dessiner sur le papier les bords à peine visibles d'un gouffre, c'est à lui mais aussi à toi, Olivier, que je pense. Ils expriment exactement ce que je ressens. « Il avait la prescience tragique de l'accident qui romprait son élan. Vision d'un avenir accidentel qui ne suspend pas les actions, qui ne ruine pas les raisons d'agir mais les renforce au contraire à la lumière du malheur qui va fondre... »

Au pied de la frêle et bucolique église Notre-Dame-du-Mesnil, dont le clocher en brique et pierre blanche est coiffé d'un toit en ardoise à huit pans, le cimetière est en pente, les morts paraissent glisser lentement vers la vallée, au milieu des pommiers, des chaumes et des colombages. Ils bougent. En ce dimanche de la Toussaint, dans la brume du matin, rendue laiteuse par les premiers rayons du soleil, des ombres courbées, voilées de noir, toilettent les tombes et poussent sur le marbre des pots de chrysanthèmes roux. Ce sont de vieilles personnes, qui se parlent à elles-mêmes. Parfois, elles entendent des voix ; elles dialoguent, à jour fixe, avec leurs disparus. Je les regarde officier avec attendrissement ; elles sacrifient à un protocole qui donne raison à leurs regrets et, peut-être, à leur foi. Leur ronde murmurante au milieu des stèles et des cippes condamne ma trop longue négligence.

Depuis combien de temps, Olivier, ne suis-je pas allé fleurir ta tombe, sur les hauteurs tristes de Bray-sur-Seine où tu reposes, depuis le 7 juillet 1962, et où l'on a couché, onze ans plus tard, notre jeune père à tes côtés ? Je n'ose pas faire le calcul. Je m'en veux d'avoir laissé, saison après saison, notre mère y aller seule, avec un courage qui ne l'a jamais quittée et une émotion presque souriante où il me semble voir le prolongement de ce conte populaire dans lequel un enfant mort supplie sa maman de ne plus pleurer afin que son linceul puisse enfin sécher. Mais je ne sais pas m'adresser aux sépultures. J'ai perdu le langage qu'on apprend au catéchisme et qu'on pratique dans les églises. Je suis discourtois avec le Ciel, maladroit avec ses intercesseurs. Rien de ce qui est trop élevé ne m'attire — j'aime le monde à hauteur d'homme et que le sacré s'accomplisse sur la terre, dans un geste simple, une offrande discrète, la beauté d'une lumière de velours adoucissant la pierre. Je préfère les lieux de mémoire aux lieux de culte, où l'on professe : « Ce que vous faites au plus petit d'entre les miens, c'est à moi que vous le faites. » Mes morts vivent en moi. Ils me tiennent compagnie. Ils voyagent et respirent à mon rythme. Je t'ai plus emmené dans des contrées lointaines, où il me semblait te faire découvrir des paysages édéniques, et j'ai davantage galopé botte à botte avec notre père, dont l'allure cadencée s'accordait si bien à la mienne, que je ne vous ai visités dans votre dernière demeure, adossée à un petit mur de pierres blanches.

Elle a d'ailleurs perdu, avec les années, le paysage qui la rendait tellement attendrissante ainsi que l'imprenable vue sur ces immenses champs céréaliers où nous allions à bicyclette et où, l'été venu, nous jouions dans de grosses meules de foin parfumé, au sommet desquelles nous avions le sentiment d'être les maîtres de l'univers et d'où nous glissions comme sur un toboggan chauffant. C'était alors un cimetière de campagne, perché sur un tertre que le ciel caressait. La ville en extension a fini par l'encercler et l'étouffer. On vous avait allongés dans l'herbe, vous dormez maintenant dans l'ombre portée des HLM, sur les balcons desquelles flottent des draps multicolores et se dressent des antennes paraboliques.

Le temps a passé si vite. Je ne suis pas sûr que tu reconnaîtrais les lieux où nous avons vécu. À Bray, le grand champ que nous traversions pour aller, une berthe à la main, chercher du lait tiède à la ferme de Mousseaux est devenu un vaste lotissement et l'on ne se baigne plus dans la Seine poissonneuse, sablonneuse, vert olive, aux beaux jours. À Saint-Laurent-sur-Mer, dans l'âpre Bessin, la plage sauvage du Débarquement peuplée de jeunes fantômes, bordée de dunes tristes, coiffée de blockhaus, balayée par les vents gris, infréquentée, striée par les chaînes des bateaux amphibies, piquetée de carcasses tranchantes, de tôles rouillées et de métaux indéterminés que le temps avait arrachés à l'armada alliée, est désormais le sanctuaire à ciel ouvert du *D Day,* où défilent des touristes bigarrés. À Paris, notre jardin d'enfants de la rue Saint-Jacques a disparu. L'école communale, située un peu plus bas, n'a pas vraiment changé, mais tu ne l'as pas connue. Lorsque j'y suis entré, en septembre 1962, à la veille de mes six ans, j'étais désemparé. Je venais de te perdre. Il me fallait soudain affronter la vie sans mon jumeau, avancer sans te savoir à mes côtés, me battre sans mon allié naturel, jouer dans la cour aux billes ou aux osselets sans jamais trouver ton regard et ton appui, rire seul, pleurer seul, avoir peur seul. Me tenir droit seul, aussi.

(Les pédopsychiatres prétendent que c'est à l'entrée au primaire, vers l'âge de six ans, qu'il convient de briser la fusion gémellaire, de séparer les jumeaux afin de leur apprendre l'autonomie, de les initier à l'idiosyncrasie, de leur enseigner à se construire ailleurs que dans le regard du double originel, de développer leur personnalité respective. Tu vois, Olivier, nous n'avons pas eu besoin des psychologues, on leur a fait la nique, on les a bien eus. La vie s'est chargée de nous écarter et de nous rappeler avec cruauté que, si nous étions jumeaux, nous n'avions pas le même destin.)

J'ai un souvenir vague de cette première rentrée scolaire d'après le drame. Mais j'ai un souvenir très précis de l'état d'affolement où je me trouvais. J'avais l'impression d'être incomplet, mutilé, dépossédé d'une partie secrète de moi-même, ou plutôt suivi, même les jours sans soleil, par une ombre fine et insistante. Je ne connaissais pas la légèreté : je portais un absent en moi. Je ne connaissais pas l'insouciance : tu souffrais en moi. Je ne connaissais pas l'innocence : tu me l'avais volée. J'étais double.

On m'a souvent dit, en ce temps-là, que je faisais plus vieux que mon âge ; c'est seulement que nos années s'additionnaient et que, en t'éclipsant, en me chargeant désormais de te représenter, tu m'as forcé à grandir plus vite. Je n'avais pas le choix. Toujours, il m'a semblé que tu comptais sur moi pour ne pas faiblir, pour ne pas abdiquer, pour être plus vaillant, plus entreprenant, pour sauver de notre couple brisé ce qui pouvait encore être sauvé. Ta mort précoce a fait de moi un vivant pressé. Pressé de réussir pour deux. Pressé que tu sois fier de moi. Pressé d'être père. Pressé d'avoir des enfants qui ne disparaîtraient pas avant l'âge de raison. Pressé de les aimer tous les trois à la folie. Pressé de vieillir, aussi.

Survivre à son frère jumeau est une imposture. Pourquoi moi, et pas toi ? Sans cesse, il m'a fallu justifier d'être encore là, *redoubler* d'activités mais aussi d'équité, donner une légitimité à mon entrain, combler jour après jour le vide que tu avais laissé, et tenter, avec une rigueur d'orfèvre, d'équilibrer les deux plateaux du trébuchet. Car nous étions nés sous le signe de la Balance dont le bien nommé fléau allait trop tôt incliner vers moi seul, alourdi jour après jour d'un poids secret que je n'osais dire à personne. Une main invisible avait mis toutes les tares de mon côté. C'est pourquoi je n'ai jamais connu la désinvolture, la frivolité, l'imprévoyance, la déraison et encore moins la grâce ; je préfère la solitude à la fête ; je ne supporte pas l'iniquité ; je ne sais pas perdre mon temps, je mesure trop combien il est parcimonieux et compté.

Et si j'ai tant monté, ce n'était pas seulement pour rejoindre, sa montre usée à mon poignet me donnant toujours l'heure de l'imparfait, notre père au fond des bois, dans la clairière où il était tombé et avait perdu connaissance, c'était aussi pour essayer de m'assouplir, de m'accomplir. Le cheval m'a parfois donné l'impression que j'y parvenais, portant sur son dos musculeux tout ce dont, à chaque foulée, je me délestais, mais c'est une illusion. Il ne concède, en vérité, que des moments de répit. Il offre une récréation aux tourments ordinaires. J'ai longtemps cru qu'il m'aidait à grandir, à me grandir, jusqu'au jour où j'ai compris qu'il me restituait l'enfance que j'avais perdue. Un mélange d'allégresse, d'élasticité, d'émerveillement, d'inconscience et de témérité : même pas peur. Avec lui, je galope en arrière dans la poussière du temps.

C'était un été de la fin des années soixante, à *La Caravelle*, la longue maison blanche de nos grands-parents paternels, située dans un tournant, à l'entrée de Saint-Laurent-sur-Mer, Calvados. La famille rassemblée, et régie par les lois, le protocole, les horaires, les menus, qu'imposait avec autorité le professeur Raymond Garcin, s'appliquait à faire croire qu'elle était au complet pour les vacances, que nul ne manquait à l'appel — treize heures précises pour le déjeuner, vingt pour le dîner.

Jamais on n'évoquait devant moi ton absence. Depuis l'accident, toutes les preuves tangibles de notre gémellité avaient disparu : lits, cirés, bobs, pelles, râteaux, filets à crevettes, ballons, teckels en plastique, tout ce qui allait par paire était devenu unique, tout ce qui était à l'identique semblait dépareillé. Les cousins, d'une bonne humeur créole, se chargeaient de me divertir, d'occuper sans cesse l'espace et le temps, de s'ingénier à contourner le vide que tu avais laissé, de *sauter* le malheur comme, par crainte d'être sentimental, Stendhal sautait le bonheur.

Devant la maison, il y avait une rangée de vieux arbres sous la géométrique frondaison desquels étaient rangées les voitures. La fascinante et royale Versailles noire de mon grand-père à bord de laquelle, chaque matin, à la vitesse d'un char à bœufs, il se rendait à son service de neurologie de la Pitié-Salpêtrière ; la Dauphine dorée de ma grand-mère normande, Yvonne, née Guillain, au volant de laquelle elle se tuerait, quelques années plus tard ; la 203 grise de notre père ; l'Aronde gris-vert de mon oncle Claude, dont la portière portait encore la trace du sanglier qui, sur une route de forêt, l'avait méchamment emboutie ; la 4L beige de Jean-Loup, notre oncle mélomane qui aimait tant rouler avec Mozart ; la traction avant de ma tante Christiane, qui sentait l'huile chaude, la réglisse, la peinture FFI et ce qu'on imaginait être l'enivrante odeur de la Libération.

Je devais avoir douze ou treize ans. Les adultes, habillés de blanc et de crème coloniaux, étaient debout sur la pelouse. Ils prenaient le parcimonieux soleil normand. Je portais dans mes bras le gazouillant petit frère, Laurent, qui était né trois ans après ta mort. Et puis soudain, tout alla très vite. Une des voitures, je ne sais plus laquelle, recula lentement : une ultime course à faire, sans doute, pour le déjeuner. Il n'y avait aucun danger, mais notre père se précipita, arracha Laurent de mes bras, le serra fort comme s'il était menacé et, de sa main droite, me gifla. De toute sa vie, il ne m'avait jamais touché, jamais frappé, et il m'avait si peu grondé, c'était l'homme le plus doux que je connusse, mais ce jour-là, il fut saisi par une panique irrépressible, il crut voir la voiture faire marche arrière dans ma direction. Les images de l'abominable film repassèrent sans doute en accéléré dans sa tête. Sa violence à mon égard fut l'expression d'une révolte et d'un désespoir que rien ne parvenait à juguler. La peur ne le quittait plus. Elle seule faisait encore trembler cet homme d'acier.

Je restai coi, la joue brûlante, les bras ballants, sans comprendre la scène qui venait de se dérouler si vite. Le plus jeune de nos oncles, Thierry, m'emmena par la main dans le garage où il s'accroupit pour me murmurer, les yeux dans les yeux : « Il faut le comprendre. Il faut que tu le comprennes. Le temps finira par tout apaiser, crois-moi. »

C'est qu'il n'avait rien pu faire, notre père, lorsque, retour de Bray-sur-Seine, nous lui demandâmes de s'arrêter sur le bas-côté pour aller saluer des vaches et que tu traversas la route en courant, sans regarder la voiture qui fonçait vers toi et te projeta en l'air, toi le si léger, le si fragile. C'était un accident, je l'ai vécu comme un meurtre. On t'a tué, Olivier, sous mes yeux. On t'a arraché à moi. Et le conducteur fou ne s'est pas arrêté. Assassin et lâche, il a fui son crime. Tu es entré ensuite dans un long coma. À ton chevet, nos parents prièrent et en appelèrent à la Vierge Marie. Sans doute notre père a-t-il vécu dans le remords de ne t'avoir pas retenu lorsque tu t'élanças, inconscient et rieur, sur le macadam. Après ta mort, le 7 juillet 1962, il demanda à un commissaire de police, qui avait écrit pour lui un volume de la collection *Que sais-je?*, de l'aider à retrouver le chauffard. Pas pour le poursuivre, non, car aucun tribunal ne t'eût ressuscité et aucune justice n'eût allégé la souffrance de ceux qui t'ont survécu. Simplement pour lui adresser une lettre lapidaire, un avis de décès dont notre père gardait une copie dans son bureau : « Monsieur, l'enfant que vous avez renversé est mort. »

Cette gifle que j'ai reçue ne m'a pas fait pleurer ; car elle exprimait la colère vaine de notre père contre le destin. Je pris conscience, ce jour-là, des efforts démesurés, inhumains, qu'il déployait pour ne rien laisser paraître de sa détresse, pour garder l'air impassible, le port hiératique, l'allure barrésienne que lui ont souvent reprochés ceux qui, ne le connaissant pas, ne cherchant même pas à le comprendre, et sans doute trop occupés d'eux-mêmes, prenaient pour de la forfanterie une épouvante sans cesse réprimée et pour de la vanité, son goût cassant de l'isolement, son goût croissant de la fuite en avant.

Onze ans après ta disparition, notre père, qui s'était mis à l'équitation afin de déplacer son centre de gravité, dépenser sa révolte à ciel ouvert et tenter de trouver un nouvel équilibre, fit une chute fatale dans la forêt de Rambouillet. Là encore, ce ne fut pas un accident, ce fut un homicide : le cheval qu'on lui avait confié était fou. En aparté, le directeur du centre équestre l'appelait d'ailleurs « le tueur ». Mais nul ne prévint notre père du danger qu'il encourait en extérieur ni de quelle manière raisonner ce trotteur furieux à l'instant précis où, cessant de ronger son frein et décuplant ses forces, il s'emballerait. Il partit au triple galop vers son tombeau verdoyant. À son tour, il devint un jeune mort. Quarante-cinq ans, la fleur de l'âge. Les chevaux reprirent celui qu'ils avaient sauvé, porté et raccommodé. Il tomba de haut.

Depuis ce jour de Pâques 1973, j'avance dans l'existence à pas comptés, je suis escorté par deux ombres qui se ressemblent et dont, étrangement, il m'arrive de croire qu'elles sont jumelles. C'est comme si la mort avait aboli le lien qui unit le père et le fils pour établir entre vous deux une fraternité d'outre-tombe. Comme si, en vous unissant dans les ténèbres, vous me dédommagiez de ce que j'ai trop tôt perdu. Aujourd'hui, j'ai huit ans de plus que mon père mort et quarante-sept de plus que toi, mon frère jumeau. Chaque minute ajoute à mon sentiment d'être le rescapé clandestin d'un naufrage. Mais est-ce si enviable de survivre avec des cheveux blancs, le souci des jours qui s'en vont, le poids du passé qu'on traîne derrière soi, et la peur panique de l'accidentel qui frapperait les miens ? N'y a-t-il pas aussi un privilège à partir tôt, à n'être ici-bas qu'un passant pressé ?

Je trouve étrange, Olivier, que notre père ait couché ses dernières volontés à l'âge des jeux, de l'insouciance, du présent perpétuel. Et pourtant, à dix ans, il s'imaginait déjà mort. C'est Claude, son frère si ressemblant, son « témoin », qui m'a remis récemment les trois pages calligraphiées qu'il avait intitulées *Mon testament*.

« Moi, Philippe Garcin, étant dans mon esprit sain donne et lègue toutes mes propriétés personnelles comme il suit. À mon père et à ma mère, je lègue mes meilleurs ouvrages, ma bibliothèque et mes soldats de plomb (et j'espère qu'ils les garderont, non parce qu'ils s'en amuseront beaucoup mais parce que c'est un souvenir). À mon frère, ma boule de verre, la *Journée du chrétien*, mon manuel, mes *Évangiles*, *Les Apôtres à la conquête du monde* et mes compositions. À ma sœur : *La Louve de Rome*, *Jeanne d'Arc*, *Napoléon*. À Marcelle (si elle vit après moi), tous les christs que je possède. À Mémé, bonne-maman et grand-mère, mes compositions et mes jeux. À mes oncles et tantes, le reste.

« Et maintenant, ayant disposé de mes possessions les plus valables, j'espère que tous seront satisfaits et ne blâmeront pas ma mort. Je pardonne à tout le monde et j'espère que nous nous reverrons dans un monde meilleur.

« Que l'on ne s'étonne pas de trouver quelques taches sur ce document ; écrire son testament n'est pas œuvre de joie, ce sont des larmes que j'ai versées sur ma future mort.

« À ces dernières volontés et ce testament, j'appose ma main et mon sceau ce 4 avril de l'année Domino 1938. Philippe Garcin. »

Quelle troublante gravité, quel précoce lyrisme, chez l'enfant de la rue de Bourgogne qui allait contrarier ses noirs pressentiments, grandir, faire ses khâgnes à Henri-IV et Louis-le-Grand, entrer jeune dans l'édition parce qu'il préférait les livres à la médecine, et devenir, à vingt-huit ans, notre père. Il était l'aîné ombrageux et autoritaire des cinq enfants de Raymond Garcin et d'Yvonne Guillain. Quatre garçons et une fille, Christiane, qui souffrait d'un profond mal de vivre, d'une insondable solitude, et mit fin à ses jours en se jetant par la fenêtre de son appartement parisien. Notre famille bourgeoise, respectable, aux blessures invisibles, a pris tôt le chemin des cimetières, à Bray-sur-Seine comme à Saint-Laurent-sur-Mer. Ainsi, on vit en ville, on meurt à la campagne.

Le plus troublant, pour moi qui vois des signes partout, cherche des preuves et des traces, ne crois guère au hasard, fais des plans dans le passé comme d'autres, des plans sur la comète, c'est que nos grands-parents aient choisi, en 1928, d'appeler leur premier fils Philippe. Prénom royal, impérial, princier s'il en fut. Prénom d'un des douze apôtres du Christ qui aurait évangélisé la Scythie et serait mort martyr, crucifié la tête en bas. Mais surtout, selon l'étymologie grecque, prénom de cavalier — du verbe aimer (*philein*) et du nom cheval (*hippos*). Philippe, c'est l'homme qui aime le cheval et se confond avec lui. Ainsi avait-on désigné, à sa naissance, notre père, qui avait naturellement le dos droit et le menton haut des écuyers, mais qui ignora longtemps le manège, lui préférant la bibliothèque, avec ses galops de papier, son vieux cuir tanné par la main et sa grammaire de haute école. Je sais aujourd'hui que, si tu n'étais pas mort, notre père n'aurait jamais rencontré sa vocation. Elle l'a saisi à trente-quatre ans, et eut raison de lui, en plein air, dix ans plus tard. Entre-temps, il connut l'indéfinissable bonheur de s'élever au-dessus du monde, de surplomber sa vie, et de rattraper le temps perdu.

Après sa disparition, je suis tombé follement amoureux d'une jeune fille blonde. Quand je l'ai vue pour la première fois, elle portait des cuissardes et avait une fierté, une liberté, une insolence d'amazone. Son nom était le prénom de notre père, mais dans sa version anglaise, joliment francisée ensuite avec l'adjonction d'un *e* final. Sur la carte d'identité d'Anne-Marie est inscrite, depuis toujours, la mention « Philip, dit Philipe ».

Aujourd'hui, sur la boîte aux lettres qui réunit le nom de ma femme et le mien, on peut donc lire : Philipe Garcin. Certains visiteurs avertis y voient la marque d'un destin. Celui des vies brèves dont nous sommes, Anne-Marie et moi, les héritiers. Les chevaux qui nous portent, hypermnésiques et danseurs, rendent parfois ce poids moins lourd. Ils font de curieux écarts et de gracieuses voltes afin que nous galopions botte à botte contre le vent.

Il neige depuis deux jours. Le froid fige nos collines dans un blanc épais et lumineux où l'on peut suivre, à la trace, autour de la maison, les pas chorégraphiques des renards, des chevreuils et de mystérieux animaux sauvages que l'on ne connaît pas.

En fin d'après-midi, je me suis risqué sur les petites routes glissantes pour aller monter l'alezan Let's go dans le manège du Brévedent, vaste comme une cathédrale saisie par l'hiver. Vers la coupole en bois s'élevait l'encens des trois chevaux qui, mouillés par l'effort, fumaient de l'encolure à la croupe. Par le porche, on voyait dehors la nuit et les flocons tomber en même temps. Nous avons travaillé pendant une heure dans la légèreté et un silence presque religieux. J'ai alors pensé à ce que Christine de Rivoyre m'avait un jour confié : « Je n'ai jamais cru en Dieu qu'à cheval. » Monter est un beau verbe ascensionnel.

À peine rentré, j'ai fait crépiter le feu dans la

cheminée. Et j'ai rouvert, une fois encore, le livre de la psychanalyste Ginette Raimbault, *Lorsque l'enfant disparaît*, que j'ai tant de fois souligné, écorné, abîmé. Elle y analyse les textes des écrivains et des artistes qui, d'Isadora Duncan à Yûko Tsushima, ont pleuré un enfant mort. Quelle que soit la manière dont les parents mutilés tentent de domestiquer l'innommable douleur, l'enterrement d'une fille ou d'un fils provoque « une maladie du deuil » dont ils ne guérissent jamais, passant, selon Freud, de « la déliaison avec l'objet perdu » à un déchirement plus grand encore, « le surinvestissement de l'être disparu ». Cette souffrance, dernière preuve tangible d'un amour fixé pour l'éternité, chacun apprend à l'apprivoiser selon sa nature, selon sa culture.

De Victor Hugo, inconsolable de Léopoldine, noyée dans les eaux de la Seine, à Eric Clapton, dont le petit garçon tomba du haut d'un building new-yorkais, tous ont besoin d'écrire leur révolte, d'exorciser leur deuil, de prendre le monde à témoin, de mettre en mots, voire en chansons, leur chagrin, leur culpabilité (la plupart ayant été absents au moment du drame) et l'obsessionnelle illusion de retrouvailles. Initié par Delphine de Girardin à faire tourner les tables, Hugo avait trouvé dans le spiritisme la manière la plus directe de tutoyer la mort et de poursuivre, avec Léopoldine, un dialogue sans fin. Fuyant également dans le paranormal, la romancière anglaise Rosamond Lehmann s'inscrivit au collège de sciences psychiques afin d'apprendre à entrer en communication avec l'au-delà et pour se convaincre que la vraie existence ne se déroulait pas sur terre mais là où sa fille Sally, enfin libérée, reposait.

Il s'agit toujours, pour des parents qui refusent l'idée, chère à Françoise Dolto, qu'un enfant mort a eu, malgré tout, « une vie complète », de poursuivre coûte que coûte ce que le destin a rompu, de prolonger, en les réalisant, les rêves qu'ils fondaient sur lui. Longtemps après la disparition de sa fille Manon, Alma Mahler continuait de haïr Dieu, qui avait détruit, assurait-elle, « ma postérité dans sa forme la plus pure ». Geneviève Jurgensen, dont les deux fillettes furent tuées dans un accident de la route, souhaita aussitôt redonner la vie en leur nom : « Avec mon mari, nous avons dit que les filles auraient eu au moins deux enfants chacune. Nous devons en mettre quatre au monde. » Et Mallarmé, accablé par la longue et lente agonie de son « pauvre petit adoré », de son « malade mignon », voulait composer, avec le *Tombeau d'Anatole*, un ouvrage qui fût à la gloire de son fils mais aussi, dans une osmose idéale, un livre que son héritier aurait pu écrire.

Le premier livre de Ginette Raimbault s'intitulait *L'Enfant et la mort*. Il avait paru en 1975. J'avais dix-huit ans. Sans rien en dire à ma mère, à qui je préférais épargner cette lecture cruelle et que je ne voulais pas rendre témoin de mes obsessions funèbres, je me souviens très bien être allé acheter dans une librairie du Quartier latin ce document brut, presque sauvage. Il transgressait en effet les tabous que, par méconnaissance ou compassion, les adultes avaient toujours érigés entre l'enfant et la mort.

Par un troublant effet de culbuto, une mystérieuse onde de choc, la mort de notre père venait de réveiller le manque que j'avais toujours de toi, Olivier, et que j'avais cru pouvoir camoufler. Cette lecture me bouleversa. Car même si, après l'accident, tu étais entré dans un long coma, et même si l'on m'avait éloigné de l'hôpital où tu allais mourir, il me semblait t'entendre parler à travers tous les petits condamnés dont Ginette Raimbault avait recueilli les paroles dans le service de néphrologie infantile des Enfants malades. Malgré l'angoisse de disparaître ajoutée à d'intolérables souffrances, ils trouvaient encore, traduits du silence où les rêves se brisaient, les mots pour réconforter leurs parents, apaiser les médecins, calmer les infirmières et décrire, telles de fantastiques machines à la Jules Verne, les appareils d'hémodialyse qui les reliaient une dernière fois à la vie. « Je ne veux pas mourir, je suis trop petite », murmura Hélène, huit ans, atteinte d'une myopathie avec hypotonie généralisée. « Maman, tu m'aimes encore, malgré que je te donne tant de mal ? » demanda Jacques, même âge, même maladie, même voix implorante. Et

Robert, treize ans, soigné pour une insuffisance rénale, quittant l'hôpital dans un état désespéré, dut raisonner sa mère, qui s'impatientait parce que l'ambulance tardait à venir : « Ne t'inquiète pas, maman, je tiendrai jusqu'à ce qu'elle arrive... Je mourrai chez toi, maman. »

Et toi, Olivier, dans ton dernier sommeil, qu'as-tu dit, qu'as-tu rêvé, de quel bonheur t'es-tu souvenu, de quel stoïcisme as-tu fait preuve, Dieu t'est-il apparu, as-tu tenu en pensée la main du frère jumeau que tu allais abandonner sur terre ?

Je m'étonne, refermant le livre de Ginette Raimbault, de n'avoir jamais pensé faire une analyse. D'où vient que j'aie toujours ignoré, à une époque où elle était plus en vogue qu'aujourd'hui, cette méthode d'investigation, et que j'aie même nié, avec une imperturbabilité d'airain, avoir un inconscient comme on dit avoir une maladie ? Pourquoi n'avoir pas cherché à en savoir davantage sur moi, sur toi et moi, sur toi *en* moi ? Je n'en sais rien. Sans doute avais-je besoin de me croire à l'abri des orages intérieurs, de me vouloir maître de ma vie, et de me penser assez fort pour résister à tout ce qui, chez moi, était refoulé, inavoué, et si profondément enfoui que je jugeais indécent de l'en déloger. En somme, j'étais trop fier pour m'allonger. Peut-être aussi avais-je peur d'être submergé par mon passé, de réveiller un volcan éteint et de menacer un bonheur conquis, pacifiquement, à la manière d'un continent vierge aux essences rares et aux fruits exotiques. Il aura fallu que j'écrive pour, enfin, me retourner sur moi-même et reprendre la conversation interrompue avec ceux que je portais en moi, et qui étaient morts. Car tu n'as jamais été plus vivant qu'au bout de ma plume.

Je me souviens de nos Noëls d'autrefois, lorsque nous faisions semblant de dormir et qu'on entendait nos parents s'agiter dans la salle à manger, autour du sapin, tandis que, allongés sur nos lits jumeaux, nous nous interrogions, toi et moi, sur l'existence du vieux barbu qui descendrait par la cheminée dans un fracas d'orage, et puis le sommeil contre lequel nous résistions d'un même souffle finissait par gagner. Levés dès potron-minet, nous nous précipitions pour découvrir, la bouche grande ouverte, le fabuleux amas de cadeaux que nous n'avions pas à nous disputer puisque nous avions les mêmes, en double, et dont nous arrachions les papiers sous l'œil amusé de notre mère et de notre père. Nous avons été gâtés, nous avons été aimés, et nous nous sommes aimés d'avoir été aimés ensemble. C'est un trésor qui n'a pas de prix. C'est du miel liquide, il coule en moi, inépuisable.

Nos parents nous ont donné une sœur, Nathalie, qui est née quatre ans après nous. Elle n'était encore qu'un bébé lorsque tu as été renversé. Elle a grandi ensuite avec un frère aîné qui, privé de son autre lui-même, a souvent manqué de tendresse à son égard et n'a pas toujours su la protéger. Je m'en veux aujourd'hui d'avoir cédé à l'égoïsme. C'est que, pour me sauver, longtemps je me suis préféré. La colère tue, rentrée, étouffée, rend plus solitaire encore, et plus irascible. Elle ne pousse guère à la générosité. Notre sœur est, au contraire, le cœur sur la main, et elle regarde la vie avec les yeux bleu Guillain de notre grand-mère paternelle qui ne voyait jamais le mal, et voulait même douter qu'il existât.

Et puis Laurent est venu longtemps après que tu avais disparu. Petit, il te ressemblait. Il avait ta finesse, ta fragilité, ton sourire et ce que j'imaginais être ton inquiétude. Nos parents l'ont couvé avec un amour qui cachait mal la peur inavouée qu'advînt, d'on ne sait où, dans un nuage de poussière et un grondement sourd de monstre mécanique, un autre malheur. Il ne t'a pas connu, il avait sept ans quand notre père est mort, la vie ne lui a pas fait de cadeau. Il a échappé à l'école, contourné le monde réel, choisi d'habiter la principauté des rêves qu'il repeint aux couleurs vives — jaune citron, rouge sang, bleu du ciel — de ses tableaux énigmatiques, de ses poésies visuelles, de ses aquarelles abstraites. La grande ville l'oppresse ; il respire mal et ne libère vraiment ses poumons que l'été, à la nuit tombée, en traversant sur sa mobylette l'île de Noirmoutier de part en part, en filant nez au vent océanique sur les petites routes qui zigzaguent au milieu des odoriférants marais salants.

Laurent n'était pas là, hier soir, pour fêter Noël à la maison. Il servait et chantait à la messe de minuit avec la chorale de l'église Saint-Séverin. Sa foi est brute comme Jean Dubuffet le disait de l'art qui « ne vient pas coucher dans les lits qu'on a faits pour lui, se sauve aussitôt qu'on prononce son nom » et dont « les meilleurs moments sont quand il oublie comment il s'appelle ». Elle ne s'embarrasse, sa foi, d'aucune théologie et ne cherche pas à interpréter le mystère. Elle est pleine et entière. Sans qu'il l'avoue — il est si silencieux —, la messe est sans doute pour lui la seule manière ostensible de communier avec les absents, de dialoguer avec notre père, et de prier dans le langage qui est le sien, où les mots, trop contraignants, comptent moins que les sentiments brûlants.

Je suis allé chercher maman chez elle pour l'emmener chez nous. Depuis qu'elle est tombée dans la rue, en octobre, et qu'une double fracture du bassin a été diagnostiquée, elle peine à marcher. Elle avance lentement vers ses quatre-vingts ans à l'aide d'un déambulateur. Elle qui gambadait jusque-là, ignorant son âge et l'usure de son corps, fait l'apprentissage de la vieillesse à contrecœur. Elle râle avec le sourire. Elle ne comprend pas que le temps passe. Elle s'étonne de devoir désormais prendre soin d'elle-même. Elle n'a toujours pensé qu'aux autres, leur a tout sacrifié. Je l'observe avec amour, entourée de ses petits-enfants à la table de Noël. D'où tient-elle cette force obscure qui lui a donné de survivre à ce qui est si révoltant, la mort d'un enfant et celle d'un mari ?

En 1955, à une amie lausannoise à laquelle il annonçait son mariage, notre père avait fait le claironnant portrait de sa belle sauvage élue : « J'épouse une fleur de Giraudoux, qui me raconte d'extraordinaires histoires, donne à ma vie la part de songe qui m'est nécessaire, connaît le nom de toutes les fleurs et de tous les arbres, sait enfin être à la fois ma fièvre et mon repos. Françoise Launay a vingt-quatre ans, elle grave (burin, eau-forte), joue du piano, aime Eluard et Michaux, danse et chante. Nous nous marions le 22 décembre, à Saint-Thomas-d'Aquin, puis partons pour Rome. Comme vous l'aimerez ! »

Aujourd'hui, maman ne grave plus, elle ne peint plus les merveilleux toits de zinc de Paris, les rives bleutées de la Seine, le moutonnement fauve des collines et des forêts augeronnes, mais elle continue de taquiner son piano pour vivre à l'heure de sa musique — Mozart, Bach et Schubert. À Michaux, elle préfère maintenant les Évangiles, les biographies de saints, *Le Très-Bas*, de Christian Bobin, le Journal, d'Henry Bauchau, à qui Laurent fut autrefois confié lorsqu'il exerçait la psychanalyse, et les textes inspirés sur

Thérèse de Lisieux ou Bernard de Clairvaux qu'interprète, dans les théâtres et les églises, son ami Michael Lonsdale, comédien prieur, évangéliste vagabond qui réussit le miracle d'interpréter *Jeanne au bûcher* sur un ton durassien.

Au Nigeria, lorsqu'un jumeau meurt, les Yorubas font sculpter deux statuettes : à celle représentant le petit disparu, la mère continue de prodiguer tous ses soins. Elle berce, lave, embrasse et feint même d'allaiter le bébé en bois. Elle ne se résout pas à cette séparation. Elle prolonge, dans ses rêves, sans pleurer, la vie de son enfant, sous l'œil du rescapé, dont la figurine, figée à l'instant du drame, ne grandira jamais.

Si tu savais, Olivier, comme j'ai été un adolescent ombrageux. Je jugeais le plaisir inconvenant. Je me méfiais des agréments. Je battais froid les sans-souci. Je ne frayais guère avec les garçons et les filles de mon âge. Je préférais la compagnie des personnes âgées, que je visitais en fumant la pipe et en prenant une mine grave derrière mes volutes grises d'Amsterdamer. J'envoyais de longues lettres à des écrivains. Je réclamais leur conversation et leur protection. Certains, parmi lesquels le déjà vieux Jean Guitton, alors intarissable sur Pascal, Claudel, Bergson, Teilhard de Chardin et M. Pouget, ou l'avantageux prêtre orthodoxe Constantin Virgil Gheorghiu, auteur de *La Vingt-Cinquième Heure*, voulaient bien correspondre avec le déconcertant jeune homme qui flattait leur gentille vanité pour cacher sa propre présomption, sa timidité et le ridicule mépris de ses contemporains.

Je lisais alors tout ce qui me tombait sous la main. J'avais ainsi déniché un mince recueil de poèmes, *Le Jour proche*, d'un certain Jacques Chessex, paru en 1954 à Lausanne, dans une petite maison d'édition qui s'appelait Aux Miroirs partagés. L'auteur n'avait pas vingt ans lorsqu'il avait donné ce premier livre, il ignorait que son père allait bientôt se suicider, et pourtant la mort était déjà présente. « Car j'aborde au rivage de la nuit, / à ce mince rivage blessé de pas, / harassé de rires et d'appels / qui battent encore le seuil des demeures, et le vent... » Je me souviens encore de certains vers : « Des chevaux gravissent le temps, / la croupe folle de soleil immobile », et : « Je reste seul avec mes morts / pour épeler, un à un, les noms de leurs visages, / jusqu'au jour triomphant de leurs larmes lointaines. »

J'avais lu ensuite ses autres poèmes, *Chant de printemps*, *Une Voix la nuit*, *Batailles dans l'air*, mais aussi ses premiers récits, *La Confession du pasteur Burg* ou *Reste avec nous*, et je lui avais écrit. Il m'avait aussitôt répondu. Il connaissait les études sur Stendhal et Paulhan que notre père avait publiées dans la *N.R.F.* J'avais dix-huit ans lorsque je l'ai rencontré pour la première fois, c'était dans le grand café de la gare de Lausanne, où il buvait des litres de vin blanc dont il humectait, sans les essuyer, ses moustaches longues et noires. Ensuite, nous ne nous sommes plus quittés. Il est mort le mois dernier. Je suis allé prononcer son éloge funèbre dans la grande cathédrale qui domine la ville en pente et le lac

Léman. J'ai pleuré ce matin-là sur l'ami disparu mais aussi sur ma propre jeunesse, sur l'époque si lointaine où, déçu par le monde réel, je demandais asile au royaume du papier et me réfugiais dans les livres. Ils ont été mes meilleurs alliés, mes compagnons de route, mes directeurs de conscience. Aujourd'hui encore, j'éprouve à leur égard une gratitude qui n'a pas de prix. Au frère sans double et au fils sans père, ils ont donné d'innombrables modèles de substitution.

J'ai aimé tôt et follement Stendhal, que notre père appelait « Arrigo Beyle, Milanese », parce que je prêtais tes traits à Julien, Fabrice et Lucien. Ils étaient mes jumeaux séduisants et romantiques. Ils me dédommageaient du manque qui me rongeait. Ils plaisaient en narguant la mort. Tour à tour, Olivier, tu as été le Frantz de Galais du *Grand Meaulnes*, l'Aurélien d'Aragon, l'Adolphe taciturne de Benjamin Constant, l'Angelo de Giono qui ressemble à « un épi d'or sur un cheval noir », et je t'ai donné les visages de tous les enfants terribles de Cocteau, Paul, Jacques Forestier, Pierre de Maricelle, Petitcopain et Guillaume qui, dans *Thomas l'imposteur*, atteint par une balle allemande, s'écroule en disant : « Je suis perdu si je ne fais pas semblant d'être mort. » Combien de fois ne m'est-il pas arrivé de penser que tu faisais semblant, toi aussi, d'être mort.

À l'âge où l'on goûte les romans heureux, qui ressemblent à des vacances prolongées et à des aventures prometteuses, je cherchais au contraire dans les bibliothèques l'objet de mon désarroi, j'étais attiré par les destins brisés, les vies inaccomplies et les deuils révoltants. Je soulignais au crayon, dans *Le Soulier de satin*, la longue plainte de Dona Honoria veillant l'enfant qui se meurt. J'étais fou du pauvre petit Rimbaud qui gît, amputé de la jambe droite, dans une chambre de l'hôpital de la Conception, à Marseille. Je lisais Radiguet, parce que la fièvre typhoïde avait emporté, à vingt ans, ce garçon très doué aux joues en feu, et que, au cinéma, le François du *Diable au corps* avait les traits immaculés de Gérard Philipe, trente-six ans de grâce pour l'éternité. Je m'identifiais à tous les jeunes écrivains fauchés par la mitraille au début de la Grande Guerre, Charles Péguy, Jean de La Ville de Mirmont, Alain-Fournier et les blessés condamnés à l'immobilité, comme Joë Bousquet. Je débordais de compassion pour Catherine Pozzi, la maîtresse de Paul Valéry, et surtout pour Laure, l'intraitable et souveraine compagne de Georges Bataille, morte à trente-cinq ans après une vie d'insurgée dissolue.

En écoutant en boucle les *Leçons de ténèbres*, de Couperin, chantées par Alfred Deller, je guettais, dans les correspondances, les journaux intimes, les carnets de notes, les textes inachevés, les œuvres interrompues, des traces du terrible pressentiment qui saisit celles et ceux dont la vie sera brève, dont l'œuvre sera empêchée, et dont je me croyais secrètement, par je ne sais quel héritage spirituel, le légataire testamentaire.

Cette sensibilité exacerbée aux textes des vivants précaires et aux témoignages des survivants figés dans la douleur ne m'a jamais quitté. On ne lit bien que pour se retrouver. On ne veut pas être étonné, on veut être conforté dans ses idées noires et ses frayeurs. Tous les enfants condamnés te ressemblent, Olivier, comme tous les morts jeunes et bravaches ont le visage de notre père, qui galopait vent debout pour se fuir et te rejoindre.

Je crois à la secrète communion de tous ceux qui ont perdu un être chéri, plus particulièrement un enfant, et que relie une abondante littérature de l'infortune. Elle repose sur une illusion capitale : chaque expérience du deuil est unique, irréductible, en apparence incomparable, et pourtant, dès qu'elle est couchée sur le papier, elle devient universelle, chacun de nous peut s'y reconnaître. On y lit ce qu'on a le sentiment d'avoir soi-même écrit.

Il fut un temps où, dans mes chroniques, je me moquais volontiers des essais d'un jeune professeur de littérature d'origine britannique qui enseignait en France et se piquait de modernité. Philippe Forest signait des thèses, souvent absconses, parfois prétentieuses, sur le Nouveau Roman, qui m'ennuyait, dont il raffolait, et sur *Tel Quel*, dont il était le biographe officiel. Il tenait qu'on pouvait, par exemple, réduire un roman à une équation mathématique. Le style était, pour lui, un artifice, un trompe-l'œil. Il semblait détester la psychologie, ignorer les sentiments et mépriser l'émotion. Du moins, et c'était sa seule excuse, n'avait-il pas l'ambition d'être un écrivain.

Et puis, un jour de 1997, je reçus de lui un livre intitulé *L'Enfant éternel*. Il y relatait l'agonie de sa fille, Pauline, terrassée à quatre ans par un cancer. Au retour de ses dernières vacances à la montagne, alors qu'il neigeait sur Paris, la petite s'était plainte d'une douleur intense au bras gauche, entre l'épaule et le coude. Une biopsie avait révélé la présence d'une tumeur. Le martyre de l'enfant allait durer seize mois. Philippe Forest était âgé de trente-quatre ans. Rien ne l'avait préparé à ce calvaire. Tout l'en avait même éloigné : « Je vivais parmi des mots — insistants et insensés, somptueux et insolents. » Ses ouvrages d'avant témoignaient d'un temps révolu où il écrivait dans un sabir pour initiés. Ce monde autarcique de l'intelligence, du snobisme et de la connivence parisiens où il faisait bon vivre s'écroula soudain, dérisoire, au seuil de l'hôpital où pénétrait, sans frémir, la tête haute, une fillette blonde, très courageuse, que ses parents tenaient par la main, en sachant bien qu'ils la retiraient du monde réel afin de l'accompagner jusqu'au supplice. Crispé par la souffrance malgré les prescriptions répétées de morphine, le corps si léger de Pauline allait être abandonné aux médecins, impuissants à tuer le monstre qui la dévorait.

Le bras enfla démesurément, les cheveux tombèrent, les opérations se succédèrent, parfois il y eut quelques jours de rémission pendant lesquels on offrit à Pauline un ultime voyage au parc d'Eurodisney, au royaume de Mickey et de Peter Pan, et puis le cycle infernal des traitements inutiles reprit sa course folle, tandis que les métastases gagnaient le poumon de la petite momie, désormais figée sous le métal, le plastique et les sangles. Le chirurgien lui-même cessa de parler : il pleurait. Le lecteur, aussi. Le père, lui, priait. Au milieu de ses peluches, demandant du regard à ses parents de bien vouloir faire marcher une boîte à musique d'où jaillissait une berceuse mélancolique, Pauline promit qu'elle tiendrait bon : « L'épreuve nouvelle ne l'effraie pas, écrivit Philippe Forest, mais seulement le sentiment d'abandon et de détresse qu'elle découvre chez ceux qui se penchent par-dessus son lit. » Une ampoule de Penthotal précipita l'enfant dans le sommeil sans retour, sans réveil.

Ce récit retraçait les derniers temps d'une fusion extraordinaire, presque utérine, entre un père, une mère et leur enfant perdue. Malgré les douleurs insoutenables que Pauline endura, malgré l'inéluctable à quoi ses parents la savaient condamnée, ils se battirent tous les trois, trouvèrent encore la force de jouer, ne formèrent qu'un seul être, mutilé mais indissociable.

Philippe Forest allait même jusqu'à écrire : « La longue année où mourut notre fille fut la plus belle de ma vie. Quoi que réserve l'avenir, nous ne serons plus ensemble tous les trois. Cette douceur dans l'horreur nous sera ôtée. »

Si le malheur absolu ne donne pas du talent, il révèle, dans la plaie vive, celui qui était inexprimé. De tout son amour, dont l'art est la seule trace tangible, celui qui était soudain devenu écrivain fixa pour toujours, dans ce livre, le sourire lumineux d'une petite gisante. Bouleversé, je rédigeai alors un article où j'eus du mal à camoufler ma propre émotion. Après quoi, Philippe Forest m'envoya une lettre, où il disait : « J'ai été très touché de voir le nom de Pauline passer de ma plume à la plume d'un autre, et ainsi exister encore. »

Deux ans après *L'Enfant éternel*, il publia *Toute la nuit*. Le temps n'avait calmé ni sa souffrance ni sa déréliction, au contraire, on avait l'impression qu'il les avait augmentées. Le père se considérait désormais comme un orphelin. Plein de whisky, de tabac et d'analgésiques, il était devenu le romancier du deuil, accroché à cette chimère : tenter de prolonger, avec des mots, la vie éphémère de sa petite Pauline, dont il n'en finissait plus de ressasser l'agonie. Écrire était, pour lui, l'unique manière non seulement de se souvenir, mais aussi de se révolter. Car la mort d'un enfant est un scandale, et l'accepter, c'est abdiquer. Jamais, je crois, je n'eus à ce point le sentiment de m'identifier au livre d'un autre, de faire miens la colère et l'inapaisement d'un homme que je ne connaissais pas, que je ne connais toujours pas.

Dans *Toute la nuit*, Philippe Forest racontait avoir découvert au cimetière que, à côté de la tombe de Pauline, se trouvait celle d'un petit garçon. « Par un sentimentalisme que nous approuvions, sans doute à la mairie quelqu'un nous avait-il attribué cet emplacement plutôt qu'un autre, pensant que les deux enfants se tiendraient mystérieusement compagnie dans l'au-delà si leurs dépouilles se côtoyaient ainsi. Le camarade imposé de Pauline était né en 1958 et n'avait pas vécu plus loin que sa deuxième année. Nous n'avions jamais rencontré personne sur sa tombe, mais celle-ci était peinte de blanc vif, toujours rangée et fleurie. S'il avait vécu, ce garçon — de quatre ans plus âgé que moi — aurait pu être le père de Pauline. Mais la mort ne l'avait pas laissé sortir de sa prime enfance. Je ne pouvais décider qui, de Pauline ou de son petit compagnon, était en réalité l'aîné. Et je me demandais dans quelle extravagante et dérisoire contemporanéité ils étaient tous deux entrés. » Il ne sait pas, ce père prénommé Philippe, que je me le demande aussi.

Aujourd'hui, vois-tu ? la campagne est molle, et dans le torrent, au pied de la maison, bouillonne une eau aussi jaune et mousseuse qu'une bière blonde de moines belges. La neige, qui tenait depuis deux semaines, a fondu en une journée sous le ciel bas devenu clément. Ne reste qu'une herbe mouillée, chiffonnée, déteinte, des cépées disgracieuses, des sous-bois pleutres, des toits de chaume vert-de-gris et une terre spongieuse, striée par des sillons brillants d'humidité. La nature se réveille avec circonspection, elle n'ose pas vraiment s'étirer, se mettre debout, elle semble craindre encore le retour du grand froid. On la sent intranquille. Elle nous ressemble, nous qui passons notre vie à tenter de nous remettre des chocs originels, fondateurs, sans oser nous redresser tout à fait et nous abandonner simplement au bonheur, comme si un nouveau danger nous guettait, une tempête, une grêle, un orage, un glissement de terrain, un incendie, une embardée folle. On n'est jamais vraiment certain du moment où l'on se croit guéri, où l'on commence à s'aguerrir. Peut-être sont-ce deux verbes jumeaux.

Étrange exercice que celui auquel, depuis quatre mois, je me plie, dans tous les sens du terme. Il tient à la fois de l'apostrophe, de l'invocation et de la prière. Il récompense une très longue conversation, m'oblige à mettre des mots sur le je-ne-sais-quoi, le presque rien qui sont tapis en moi. Cela fait des années, en effet, que je te parle à voix basse, te questionne, te confie mes certitudes et mes doutes, me soumets à ton jugement, au fil d'un conciliabule permanent dont personne n'a idée. J'en reproduis ici quelques instants et, pour la première fois, m'adresse publiquement et directement à toi, Olivier, dont la photographie ne quitte jamais mon portefeuille, bien au chaud sur le cœur qui bat la chamade.

Il s'agit d'une carte que mes parents avaient fait imprimer au lendemain de ta mort. Au recto, tu souris, un grand sourire qui éclaire ton visage maigre aux cheveux courts, au front haut et aux oreilles un peu décollées. Tu portes un pull en V et un polo. Tu n'as presque pas d'épaules, tu n'es que finesse, avec quelque chose de transparent. Au verso, cette inscription : « Olivier Garcin, 4 octobre 1956, 7 juillet 1962 », qui est augmentée d'une citation : « Et moi, comme l'olivier verdoyant dans la demeure d'Élohim, je m'abandonne à la gloire de Dieu pour l'éternité.

Psaume LII, 10. » Dieu, toujours, omniscient, démiurgique, réconfortant, appelé à la rescousse par notre mère et notre père afin de raisonner leur douleur, donner un sens à ce qui est insensé et faire que ta mort ne soit pas un scandale mais un sacrifice. C'est comme si, en disparaissant, tu apportais une preuve supplémentaire de son existence ; comme si ton absence signait sa présence. Insondable mystère de la foi.

Ce Dieu m'a manqué lorsque, soudain seul, le 4 octobre, j'ai fêté mes six ans. Je n'étais même pas à ton enterrement, qui se déroula au plus chaud de l'été. Je n'ai pas vu ton petit cercueil descendre au fond obscur du caveau. (Vingt-cinq ans plus tard, visitant à Vienne la crypte des Capucins, la glaciale *Kaisergruft*, je tombai en arrêt devant les petits sarcophages en étain et fonte jaune où sont conservés les restes des enfants princiers de la famille Habsbourg ; il me sembla, ce jour là, que tu étais partout.) On a préféré, en m'éloignant du cimetière, me protéger. On a fait de moi un petit *convalescent*, qui travaillait aux champs dans une ferme du Berry ou prenait l'air pur sur les collines crayeuses du Sénonais, au pied desquelles coulait l'Yonne sans-souci. Je crois bien que mon amour de la terre, mon besoin physique de campagne, mon goût des heures provinciales, mon attirance pour les chemins buissonniers viennent de cette époque-là. Pendant que nos parents priaient Dieu et avaient le regard tourné vers l'au-delà, je te cherchais au contraire ici-bas, je parlais aux arbres et aux pierres, j'arpentais en culottes courtes les forêts de hauts maïs, les mers agitées de blés mûrs, les étendues citronnées de colza, où j'avais l'impression que, mutin, coquin, tu te cachais, tu te dissimulais à moi. Tu n'étais pas mort, puisque je ne t'avais pas vu mort, tu avais choisi de fuguer sur une route chantante bordée de peupliers. Il fallait donc que je te débusque. C'était une manière de jeu de piste. Et puis le temps a passé. Le jeu est devenu très triste. J'ai compris un jour que je ne te retrouverais jamais. Alors seulement a commencé mon travail de deuil. J'étais déjà un homme, et il était si tard.

Il fut un temps où, quand on m'interrogeait sur toi, ma gorge se nouait, j'étais envahi par d'irrépressibles sanglots, je n'arrivais jamais à raconter la scène de l'accident, le vol plané de ton petit corps et la voiture qui ne s'arrête pas, qui continue sa route dans une féroce accélération d'indifférence. Je me souviens de cette journaliste de la Radio suisse romande, attentive et bienveillante, qui était venue avec son magnétophone pour recueillir mes souvenirs familiaux. L'entretien avait très bien commencé, de manière presque allègre. J'avais évoqué l'étonnante dynastie de grands médecins, aussi bien du côté maternel que paternel, qui remontait à la Révolution française et dont, couvert d'énigmatiques syndromes — le syndrome Garcin, le syndrome Guillain-Barré... —, j'étais le descendant un peu ébahi. J'avais parlé de mes parents qui, les premiers, avaient rompu le pacte d'Hippocrate en sacrifiant la tradition familiale à l'amour inédit de l'art et de la littérature. Et puis, soudain, il fut question de toi. Je commençai à décrire ce retour de week-end, un dimanche soir, et il me sembla revivre, au ralenti, chaque minute du drame : je n'arrivai pas au bout de ma phrase, je pleurai comme un enfant et priai la journaliste, dans un geste muet, d'éteindre son appareil. Après quoi, je lui demandai de m'excuser. J'avais craqué. Je n'aime pas ça. C'est comme si j'étais nu.

Parmi tout ce que tu m'as appris, il y a d'abord ceci : on écrit pour exprimer ce dont on ne peut pas parler, pour libérer tout ce qui, en nous, était empêché, claquemuré, prisonnier d'une invisible geôle. Et qu'il n'y a pas de meilleure confidente que la page blanche à laquelle, dans le silence, on délègue ses obsessions, ses fantasmes et ses morts. Tu m'as révélé l'incroyable pouvoir de la littérature, qui à la fois prolonge la vie des disparus et empêche les vivants de disparaître. Tu as fait de moi un jumeau qui n'a pu vieillir qu'en écrivant, c'est-à-dire en traçant sous abri son sillon, ligne après ligne, champ après champ. Je te dois cet immense privilège : converser avec toi le plus naturellement du monde par la seule magie des mots. Le silence, qui est la vraie mort des absents, m'a été épargné. Il me semble parfois que j'ai beaucoup de chance.

Je rêverais qu'un jour, dans mes livres où résonnent les voix de tous ceux qui me sont chers, des inconnus entendent la tienne, si fluette et futée, et se disent : ne le pleurons pas, il a joliment vécu, c'est un sourire qui demeure.

C'est à la page 107 d'un petit livre qu'a publié, en 2009, Jacqueline de Romilly. Il s'intitule *Les Révélations de la mémoire*. J'ai beaucoup d'admiration pour cette grande helléniste dont les beaux yeux bleu égéen sont aujourd'hui voilés par la fatigue des jours. Elle est, en effet, presque aveugle. Même ses souvenirs, elle les perd de vue. Sa mémoire se brouille. Les noms propres des amis chers lui échappent. Elle entend mal et dicte désormais ce qu'elle ne peut plus rédiger. À l'aide d'une grosse loupe, elle sauve quelques mots des livres qu'elle a tant aimés, et dont lui reste heureusement la divine musique du style. Seuls lui parviennent encore, puissants, intacts comme au printemps de la vie, les parfums boisés et musqués de son jardin d'Aix-en-Provence, après la pluie qui les a divulgués.

Elle a, peux-tu l'imaginer, toi l'enfant éternel ? quatre-vingt-dix-sept ans. Si les sens primordiaux l'abandonnent peu à peu, elle doit, à la longue fréquentation des philosophes de la

Grèce antique, une sagesse, un fatalisme, une sérénité qu'on lui envie et qui rendent supportables son immobilité, sa précarité, sa fragilité. Elle prétend d'ailleurs s'offrir maintenant tout ce qu'elle se refusait lorsqu'elle travaillait, écrivait, traduisait, enseignait, colloquait, voyageait : le droit de rêver, le plaisir de la disponibilité, l'art de guetter l'imprévu, le souci de soi, aussi. Elle considère cette démission du corps pour une vertu du grand âge. Elle prend enfin le temps d'accueillir ce qu'autrefois elle aurait négligé. Je me demande si l'extrême vieillesse n'est pas ce qui ressemble le plus à la prime enfance ; si elle et toi, finalement, vous n'avez pas le même âge.

Jacqueline de Romilly s'est convertie au catholicisme il y a trois ans. Elle pense, avec une intuition où je me reconnais, que se rappeler les images révolues, c'est accéder à un monde durable et lumineux, déboucher dans cet « univers de clarté et de vérité » auquel aspirent les hommes de la caverne de Platon. Commencé dans l'obscurité, son livre de souvenirs, surgis les uns après les autres comme des lucioles, se termine par ce cri de nyctalope : « Il y a autre chose. » Et c'est aveuglant.

À la page 107, Jacqueline de Romilly a écrit ces quelques lignes qui m'obsèdent : « Des jumeaux, nés en même temps (cela va de soi !), s'ils sont placés dans des endroits différents de l'univers, peuvent au bout d'un délai suffisant présenter des différences d'âge très nettes entre l'un et l'autre. Nous voilà bien avec notre temps quotidien sagement mesuré ! »

J'en fais trois lectures. La première est théologique. Nous sommes bien « dans des endroits différents de l'univers », toi au ciel des chrétiens, moi sur la terre des mortels. Et à l'aune de cette interprétation, tu as toujours cinq ans et neuf mois, tandis que j'ai cinquante-trois ans et trois mois. Qui sait s'il n'y a pas une part de moi que tu as emportée avec toi, et une part de toi que je garde en moi, si nous ne sommes pas, d'une certaine manière, hors du temps et de l'espace ordinaires.

La deuxième est scientifique, et elle infirme, de manière troublante, le propos de Jacqueline de Romilly. Je me souviens en effet avoir lu que, dans les années soixante, des psychiatres américains avaient fait l'expérience suivante : ils avaient séparé des jumelles abandonnées à la naissance afin de comprendre et mesurer ce qui distingue l'inné de l'acquis. Une sœur avait été placée dans une famille new-yorkaise et l'autre adoptée par une famille parisienne. Elles avaient grandi, étudié, vécu chacune de son côté et ne s'étaient retrouvées qu'à trente-cinq ans. Elles avaient alors constaté que, sans le savoir, elles avaient suivi exactement la même scolarité et eu des parcours professionnels identiques. De part et d'autre de l'océan Atlantique, les jumelles géomètres avaient donc tracé deux lignes parallèles. Elles étaient les mêmes. Les neuf mois de fusion *in utero* avaient déterminé les trente-cinq années de dislocation à ciel ouvert. La nature l'avait emporté sur la culture.

La troisième est fantasmatique. Nous avons été séparés sur cette route de Seine-et-Marne, un soir doux de 1962. Loin de moi, tu es entré dans un coma sans fin et je ne t'ai jamais revu. Je rêve alors que tu as échappé à la mort. Tu mènes ton existence à l'autre bout du monde, peut-être en Amérique latine, en Inde, ou au Népal. Tes paysages, tes amours, tes lectures, tes musiques, ton travail, tes vêtements ne sont pas les miens. Nous n'avons, en commun, que les regrets. Et voici qu'il nous est donné, par je ne sais quel miracle, de nous retrouver : nous reconnaîtrions-nous ? Qu'aurions-nous à nous raconter ? Aurais-tu la peau plus lisse que moi, davantage ou moins de cheveux blancs, aurais-tu conservé la finesse élancée de l'enfance ? Serions-nous encore physiquement des jumeaux ? Sommes-nous ce que nous avons fait de nos vies ou ce que, à la naissance, la vie a fait de nous ? Qui serait le plus vieux, le jeune disparu ou l'opiniâtre vivant ? Pourrions-nous rattraper, ensemble, tout ce temps perdu ?

J'ai toujours aimé recevoir, au courrier, d'épaisses enveloppes couvertes de timbres étrangers et de tampons cabalistiques où je crois deviner des messages codés. Et il n'est pas rare que je guette, au pied des feuillets manuscrits, les sept lettres de ton beau prénom. Je sauterais dans ma voiture. J'irais à l'aéroport Roissy-

Charles-de-Gaulle. Je patienterais, debout, dans le hall d'un terminal excentré. Je serais calme et nerveux à la fois. Soudain, sortant de la petite cohorte des voyageurs en transit, ton ombre blanche apparaîtrait au bout d'un long couloir de verre. Tu avancerais vers moi, immobile et droit, sur un tapis roulant, dans un grondement sourd de machine hydraulique, de source souterraine. Je chercherais à distinguer, sans y parvenir, les traits de ton visage. Je lèverais le bras et agiterais ma main. Pour que tu me reconnaisses. Tu continuerais à avancer très lentement. Alors, je brandirais l'ardoise magique de notre enfance sur laquelle, en lettres capitales, j'aurais écrit : OLIVIER.

Après, c'est le grand silence et un blanc d'hôpital.

L'hiver n'en finit pas, cette année. Sur la neige encore tombée, un froid polaire s'est abattu. Les champs sont durs comme du béton. J'ai apporté ce matin de longues carottes et du pain sec à Eaubac dans son vaste pré. Il le partage avec une dizaine de congénères chenus, des haflingers, des pur-sang, des doubles poneys et un petit âne gris, qui exerce sur cette population courbée une autorité capricieuse de vieille dame à moustache. L'hospice à ciel ouvert est souvent joyeux. Mais, avec la bise glaciale venue de la mer du Nord, les chevaux paraissent figés, perplexes. Leur poil d'hiver est maculé de boue. Ils arrachent sans plaisir une herbe gelée. Ils ont le pas lent et lourd des traits d'autrefois et, se serrant les uns contre les autres, vont se réfugier sous de maigres frondaisons, des haies illusoires, qui ne les protègent ni du vent ni de la neige. Elle est épaisse et craquante. En marchant dedans, on dirait le bruit d'un cheval qui mange du sucre. L'image est de Cocteau, elle me plaît beaucoup.

Je t'écris près du feu de la cheminée. Je viens de relire, une fois encore, les lettres passionnelles qu'ont échangées, de 1946 à 1959, Gérard Philipe et Georges Perros, de son vrai nom Georges Poulot. Pour comprendre le secret de cette amitié paradoxale, il faut toujours en revenir à la source claire : Georges avait perdu son frère jumeau à la naissance, en 1923, dans le quartier des Batignolles. Il lui avait dédié quelques vers, dans *Une vie ordinaire* : « De cet étonné d'être là / il avait sept mois et demi / (Ah ce mois et demi me manque) / Je suis l'homme d'un courant d'air / [...] qui se noyait dans la cuvette / il pesait moins de trois kilos / il était condamné à mort / au reste ne l'est-il pas toujours / comme mort son frère jumeau / avant même d'avoir vécu. » Il avait grandi avec, chevillés au corps, ce manque, cette colère et le profond sentiment d'occuper, dans l'existence, une place usurpée. Car il avait la certitude que ce frère disparu eût été, à sa différence, beau, travailleur, appliqué à réussir, et qu'il aurait embrassé la respectable carrière dans les Ponts et Chaussées dont son père rêvait tant pour lui, mais à laquelle il préféra l'artisanale et parcimonieuse confection de papiers collés.

Au Conservatoire d'art dramatique, dans la classe de Georges Le Roy, il rencontra Gérard, qui était, à un an près, son contemporain et son exact opposé. L'Ange de *Sodome et Gomorrhe* avait la grâce et de l'ambition, il était déjà célèbre, déjà solaire et si pressé de vivre. Éphémère acteur de la Comédie-Française, Georges pressentait au contraire qu'il ne ferait pas de vieux os sur scène. Il ne s'aimait pas assez pour plaire aux foules et jugeait trop cruels les projecteurs. Il se trouvait d'ailleurs une « sale gueule », un air de « chat-huant sorti d'un nuage », un profil de « lame de couteau mal aiguisée » et il aspirait, en râlant, à un visage de rechange. L'un porterait donc le masque, et l'autre serait la plume.

En Gérard, Georges trouva aussitôt, comme tombé du ciel, le frère de substitution, le jumeau rayonnant, le double idéal. Il s'effaça devant lui jusqu'à disparaître. Il lui demanda de le représenter désormais dans la lumière, de le prolonger au théâtre et au cinéma, d'embrasser pour lui les actrices les plus belles et les plus intimidantes, d'être son ambassadeur aux quatre coins du globe, et de lui rapporter, à la maison d'où il ne bougerait plus, où il laisserait la saleté noircir les murs, où il cultiverait le « goût effréné de l'échec et de la mort », de petits morceaux de gloire, des éclats brillants de couronne, des poussières d'étoiles. « Je ne te parlerai pas, parce que moi n'existe pas », lui confirma Georges, au printemps de 1947.

Plus Fanfan triomphait, plus sa notoriété s'emballait, plus sa vie de jeune premier tourbillonnait, et mieux son frère de l'ombre s'efforçait de le calmer, tentait de le prévenir des dangers qu'il encourait, de l'empêcher de devenir un

« monstre à photographies », l'enjoignant de préférer la fierté du TNP à la facilité du box-office et les principes cisterciens de Vilar aux complaisances de *Cinémonde*. Gérard l'écouta parce qu'il avait confiance en lui et qu'il était touché au cœur par ce jumeau moraliste et résigné, qui lui avoua, en août 1959 : « C'est bien de t'avoir, de te savoir avec moi sur le globe. Question de respiration. » Car, même sans se voir, ils respiraient ensemble, au même rythme, avec la même intensité et en signant des mêmes initiales, *G. P.* Jamais Georges ne se remettra de la soudaine disparition de Gérard, à trente-six ans : « Ce sera moins dur de mourir, maintenant, pour ceux qui t'ont aimé. » Ce n'est pas la phrase d'un camarade, c'est celle d'un frère endeuillé.

Toute ma vie, le plus souvent à mon insu, j'ai cherché, moi aussi, un jumeau de substitution, qui fût moins soucieux et moins mélancolique, plus limpide, plus léger, plus volage, un Perdican sans apesanteur, un Rodrigue téméraire, un Lorenzaccio qui saurait prendre la lumière. Combien de fois ai-je travaillé, comme en équitation, à mettre mon poids d'appui sur l'autre épaule, à trouver un équilibre imaginaire dans le grand manège de l'existence. Je me souviens, à dix-huit ans, d'avoir jeté mon invisible dévolu sur un garçon qui ne se prénommait pas Olivier par hasard. Il avait le charme ombreux du frère perdu, il te ressemblait. Comme nous, il était né dans un berceau de papier et il aimait follement la littérature. Son oncle, Pierre Nora, que notre père avait rencontré sur les bancs de la khâgne, à Louis-le-Grand, avait été son meilleur et plus fidèle ami. Et nous passions nos vacances à Noirmoutier, entre le bois des Éloux et le bois de la Chaize, comme si nous étions de la même famille, du même sang. À la fin d'un été, rentrant ensemble à Paris, et alors qu'il n'avait pas encore son permis, je lui avais laissé le volant de ma petite voiture verte, je l'avais symboliquement laissé me conduire sur les petites routes de Vendée — j'étais bien, je fermais les yeux, il ne savait pas combien, en prenant ma place, il me soulageait. Depuis, cet Olivier-là a brillamment tracé son chemin, il a travaillé aux États-Unis, il dirige aujourd'hui deux maisons d'édition françaises, je l'observe réussir avec admiration, sans pouvoir m'empêcher d'y ajouter de la tendresse et — il l'apprendra aujourd'hui — de la gratitude.

Il me semble avoir ensuite vécu longtemps sans me soucier de te trouver un suppléant, ou du moins sans m'avouer que, secrètement, j'en rêvais. J'avais choisi d'exercer un métier en trompe l'œil dont le privilège est de chasser, par l'urgence, les pensées noires, d'éloigner toujours plus le temps perdu, de sacrifier l'introspection à l'actualité, de mettre un haut mur, presque infranchissable, entre soi et soi. J'avais surtout fondé une famille et découvert, grâce à elle, la stupéfiante assurance de renaître, le bonheur de vivre, l'envie de déplacer des montagnes. Et je m'étais mis à monter, à demander aux chevaux de me rendre enfin tout ce qu'ils m'avaient volé.

C'est alors qu'il est entré dans mon théâtre intime. À quelques mois près, nous avions le même âge. Il était grand, rugueux, irascible, méfiant, secret, et il avait du génie. J'enviais sa faculté d'aller de l'avant, de faire du passé table rase et de ne jamais se retourner — même pour exécuter un troublant galop arrière, son buste reste fixe et son regard d'aigle tutoie l'horizon. J'admirais chez lui des vertus dont la nature m'a privé : l'abnégation, l'irréductibilité, l'inaptitude à la diplomatie, le sacrifice de tout ce qui n'est pas sa passion fixe, les chevaux, et une imagination si débordante qu'elle lui avait permis d'inventer de toutes pièces un royaume féerique en marge du monde réel dont il serait à la fois le gouverneur, l'intendant, le magicien et le palefrenier. J'ai lentement appris à le connaître et le déchiffrer. Depuis vingt ans, on ne s'est plus quittés. Et l'on n'a jamais triché l'un envers l'autre.

Je me souviens du jour où je me suis dit, sans le lui avouer, qu'il prenait, dans mon cœur, la place du jumeau évanoui. C'était un dimanche. Le dimanche 14 septembre 2008. Un soleil éclatant triomphait sur la France. La veille, jusque tard dans la nuit, Bartabas avait donné, devant un millier de spectateurs, la dernière des *Juments de la nuit*, sur le bassin de Neptune, à Versailles. Pour ce spectacle, il s'était inspiré d'un film qui avait marqué son adolescence, *Le Château de l'araignée*, de Kurosawa, libre et inquiétante adaptation du *Macbeth*, de Shakespeare. Le démiurge avait fait gronder l'orage et souffler le vent sur le parc verdoyant de Louis XIV, réveillé les spectres et les sorcières, mêlé le bruit des sabots au froissement des kimonos, et ajouté, au carrousel des chevaux, l'impérial kabuki. Il avait surtout marié la tribu voltigeuse, canaille, casse-cou des Zingaro avec les élégantes et graciles écuyères de l'Académie du spectacle équestre. Il était heureux. La représentation avait été un succès comme il les aime, raffiné et populaire à la fois, érudit et sauvage. Le lundi, il plierait bagages. La trentaine de ses cavaliers et la soixantaine de chevaux rejoindraient leurs écuries respectives. Et sa caravane vert et rouge, garée au pied de l'allée des Marmousets, une *Assomption* des années cinquante augmentée de phares de DS et tractée par un International Loadster 1800, retournerait se parquer à Aubervilliers, au milieu d'un terrain qui a parfois des allures de casse ou de campement manouche.

Il restait donc à Bartabas un ultime dimanche de liberté. Versailles était à lui. Il m'appela en Normandie, où je montais seul, dans des forêts obscures, des chevaux beaucoup moins mirobolants que les siens : « Ne quitte pas tes bottes et viens me rejoindre, en fin d'après-midi, dans le parc du château, si l'envie t'en dit. » Oh, comme elle m'en disait. Laure, sa jolie compagne blonde au profil de monnaie romaine, avait préparé des lusitaniens crème, qui frémissaient déjà. On était partis au petit trot, avec cette inexplicable complicité, cette silencieuse harmonie que seuls confèrent aux cavaliers des chevaux bien assortis dont les foulées, les allures, la respiration et l'encensement régulier des encolures paraissent être les mêmes. On avait longé la ferme de Marie-Antoinette, quelques potagers méthodiques, des vertugadins tondus de près, des prés à l'abandon, serpenté d'allée en allée sous une pluie de parfums sucrés, et remonté enfin le Grand Canal au petit galop jusqu'au château, derrière lequel le soleil de l'été indien se couchait dans une clarté orangée. On s'était à peine parlé, les chevaux devisaient pour nous. On avait juste accordé nos aides comme s'accordent, pour un largo de Bach, les violons jumeaux d'un même concerto. Notre père, je le sais, aurait aimé cette musique-là.

Dis, te souviens-tu de Fabrice ? C'était le grand adolescent maigre, un peu triste et très protecteur qui s'occupait parfois de nous, à Bray-sur-Seine, et dont les photos, les films muets en noir et blanc, ont gardé la trace énigmatique. Il semble veiller sur le parc en osier où nous jouons, sur le tas de sable où nous faisons des pâtés. J'ai attendu longtemps avant de comprendre non seulement qui était ce lointain cousin, de huit ans notre aîné, mais aussi à quoi attribuer son insondable mélancolie et sa gêne d'être fixé par l'objectif de notre grand-père. Fabrice n'avait pas vraiment sa place. Il était bien accueilli, mais mal accepté. C'était l'enfant d'une « fille mère », un bâtard. Il dérangeait, par sa seule présence, le savant ordonnancement d'une famille bourgeoise et catholique, où les placards étaient fermés à clef sur des secrets bien gardés et quelques lointaines histoires, cachées depuis les années trente entre les piles de gros draps amidonnés et parfumés à la lavande. Où qu'il allât, quoi qu'il fît, Fabrice était précédé par un silence et suivi par une rumeur. Il devait s'accommoder d'incommoder. Aujourd'hui, il est documentariste, réalise des films sur André Breton ou Marcel Duchamp. De sa jeunesse, il a conservé le goût du retrait, une propension à l'esquive. Il préfère être derrière la caméra que devant. À son métier, il ajoute la passion de l'astrologie. Il croit mordicus à ce ciel-là.

Je l'ai appelé pour lui dire que j'avais besoin de le voir. Je lui ai raconté le principe de ce texte que, non sans mal, j'essaie d'écrire. Je lui ai avoué combien c'était à la fois évident et difficile. Il n'a pas paru étonné. Il savait que, un jour ou l'autre, je m'adresserais à toi. Fût-ce longtemps après le drame, c'était, selon lui, inévitable et indispensable.

Pendant le déjeuner, il m'a dressé un surprenant portrait de toi. Il a contrarié l'idée que, depuis toujours, je me faisais de toi. Dans le couple, j'étais en effet convaincu d'être le boxeur, le dur à cuire aux aplombs impeccables, et que tu incarnais au contraire l'angelot, le feu follet, l'âme distraite. « Détrompe-toi, me dit Fabrice, la tête brûlée, c'était Olivier. En comparaison, tu étais bien sage. Lui ne manquait jamais une occasion de faire des bêtises. Dans le jardin de Bray, il sautait de la terrasse sans prévenir, tapait sur tout ce qui passait avec une pelle, mais le pire, c'était lorsque je vous emmenais, avec vos Dauphine rouges à pédales, dans la rue de l'Étang-Broda. Toi, tu avançais lentement, sûrement. Olivier, en revanche, était un vrai casse-cou. Il ne pensait qu'à foncer le plus vite possible. Rien ne l'arrêtait dans sa course folle. À quatre ans, il avait déjà besoin d'en découdre. Et il n'aimait rien tant que te provoquer, te tancer. »

Je fis part à Fabrice de mon étonnement. Comment avais-je pu, si longtemps, inverser les rôles, te surévaluer et me déprécier ? Était-ce que j'avais trop regardé les photos en noir et blanc, où tu sembles paralysé par le Leica, arrêté dans tes songes, assagi par le rituel de la pose obligée ? Était-ce seulement que j'attribuais à la finesse de tes traits une douceur, une sérénité et un abandon qui m'auraient été refusés ? Non, me répondit Fabrice d'une voix claire et nette : « Depuis sa mort, tu vis simplement avec une culpabilité classique, celle du rescapé. »

Je tressaillis sans le montrer à Fabrice. Je persistai dans cette attitude dont j'ai fait, depuis toujours, mon armure : ne rien laisser paraître de l'émotion qui me saisit, dissimuler mes orages et mes tempêtes, garder pour moi ce qui me fragilise, ce qui pourrait me faire chuter et l'enfouir au plus profond, dans un boyau secret, l'inaccessible galerie d'un puits artésien. J'essayai néanmoins de comprendre pourquoi ce que Fabrice venait de me dire m'avait bouleversé. Son analyse était pourtant frappée au coin du bon sens, elle s'appuyait sur une évidence si aveuglante qu'elle confine à la tautologie : survivre à son autre soi-même procurerait un sentiment d'illégitimité, laisserait accroire qu'on a commis une faute, une infraction. Mais comment se fait-il, alors, que j'aie dû attendre aujourd'hui pour en prendre conscience ? Tant d'années à porter ce poids sans chercher jamais à m'en décharger. Tant d'années à me voiler la face et à préférer m'ignorer pour ne pas avoir à m'excuser d'exister.

Heureusement, même si elle est venue tard, il y eut l'écriture. Elle m'a sorti du silence où je m'enfermais, m'a permis de désigner les ombres qui me hantaient, m'a soigné d'une pudeur maladive, m'a forcé à avancer toujours plus droit dans le devoir de vérité, et elle m'offre aujourd'hui de t'écrire, comme si c'était la chose la plus naturelle au monde.

Mais avant, il y eut Anne-Marie. Je t'en reparlerai, Olivier. J'ai déjà confessé, dans *Théâtre intime*, tout ce que je lui devais, et qui est incommensurable. Elle possède un don que la comédienne a poussé à son acmé : celui de la parole. Une parole libératrice qui vient de très loin, et surgit parfois avec une force tellurique. Elle a le cran de ne rien dissimuler, ni ses souffrances ni ses bonheurs. Elle ne sait pas thésauriser, trop empressée qu'elle est à vivre dans l'instant. D'instinct, elle se méfie des cachottiers, des enfermés, des conservateurs de passé, des gardiens de ruines et des hypermnésiques. Elle déteste les pleutres, les lâches, les introvertis.

Son beau visage clair se lit comme une page de Montaigne ou de Diderot, à l'impeccable grammaire. Chez elle, la vérité est toujours *criante*. Sa ligne de vie repose en effet sur un principe qui la définit : tout dire. Dire aux importuns qu'ils l'importunent. Aux ennuyeux, qu'ils l'ennuient. Aux prétentieux, qu'ils sont ridicules. Aux irrésolus, qu'ils soient fermes. Aux méchants, qu'ils le paieront. Aux talentueux, qu'elle leur est redevable de l'augmenter. Aux amis, qu'ils ne l'aiment jamais assez fort. Et à elle-même, qu'elle ne doit pas démissionner. Anne-Marie est une femme claironnante. J'ai toujours pensé qu'elle était la même au théâtre et dans la vie ; chez Claudel comme à cheval ; et que son autorité naturelle ne faisait que se déplacer de la scène à la selle. En somme, elle la dépaysait.

Dès le jour où je l'ai rencontrée, elle m'a métamorphosé. Elle a brisé une à une mes digues. Elle m'a enjoint d'ouvrir les vannes. Elle m'a incité à lui parler de toi, mon jumeau, et de notre père, comme elle me parlait du sien, avec autant de joie que de fierté — même ses regrets sont lumineux. Elle m'a fait travailler, ainsi que dans un cours d'art dramatique, ma voix, ma position, mes gestes et ma sincérité. Ce fut une manière de maïeutique. J'ai cessé, grâce à elle, d'être un taiseux stendhalien qui fanfaronne à la galerie mais s'enferme, et s'y complaît, dans la mélancolie. J'ai appris à me démasquer sans redouter le jugement d'autrui. Je n'ai pas craint d'oser dire, en pleine lumière : voici qui je suis, d'où je viens, où je vais. Elle m'a épargné cette maladie, dont on peut mourir, le mutisme et sa boule de secrets amalgamés qui grossit avec les années et finit par étouffer. Oui, tout dire. Et rire, de ce rire enfantin, victorieux, ruisselant qui saisit Jeanne à Vaucouleurs, juste avant d'aller délivrer Orléans.

Je me demande souvent de quoi le destin t'a privé. Cette vie qui t'a été refusée, qu'en ai-je donc fait ? Ai-je vraiment mérité de continuer seul sur la route au début de laquelle tu as été renversé ? Calcule-t-on, comme l'arpenteur mesure avec un décamètre les surfaces et les relèvements de terrains, ce que l'on a réussi, ce que l'on a manqué, ce qui nous a élevé ou au contraire rabaissé ?

De ces questions sans réponses viennent sans doute, chez moi, le goût permanent des bilans provisoires, le besoin de toujours estimer le chemin parcouru, de vérifier la solidité de ce que j'ai construit, de m'assurer que je ne me suis pas fourvoyé, que j'ai avancé droit, que je n'ai pas vécu en vain. Au volant, traçant dans la nuit mécanique, ou à cheval, au fond des forêts bavardes, je me jauge, je me juge, je suis mon inflexible et persistant procureur. Il me semble que, m'observant, guettant mes écarts ou approuvant mes choix, tu n'es pas moins sévère.

Comme si tu exigeais sans cesse de moi que j'accomplisse ce que tu n'as pas pu réaliser et aspirais à ce que je te prolonge.

Voici donc, pour toi, et sans tricherie, mon actif du jour, 28 mars 2010, temps gris, air humide, léger vent de la mer sur collines assoupies.

J'aime et admire une femme qui n'est pas ordinaire. On s'est mariés, il y a trente ans, dans une maison de verre ouverte de part en part à la lumière. Elle était impétueuse, sauvage, délicieusement urticante, plus fine et pointue qu'une lame, ravissant nez Philipe, bouche nacrée, yeux noisette dans leur involucre vert, peau salée d'ondine. Une blonde avec un caractère de brune. Une âme sudiste dans un corps du Nord. Le mistral ajouté au blizzard. Un oxymore au galop chaloupé.

Je l'ai regardée jouer la comédie, dormir, lire, rire, crier, tomber, se relever, monter à cheval, jardiner, nager, douter, s'énerver, se braver, se maquiller, se réinventer. Je ne l'ai jamais vue faire la sieste, s'ennuyer, abdiquer, tricher, s'alourdir, s'abaisser, se négliger, se préférer. Je suis incapable de vivre sans elle. J'ai seulement tenté de ne pas la décevoir. Tu l'aurais adorée. Peut-être me l'aurais-tu secrètement jalousée.

J'avais vingt ans lorsque je l'ai rencontrée. C'est étrange, l'amour. Elle ne savait presque rien de moi ; j'ignorais tout d'elle. À aucun moment nous n'avons eu besoin de nous dire ce que nous avions en commun, et qui ressemble à de la lave en fusion : l'envie pressante de construire en hauteur, sur le caveau profond des pères morts, une maison sans volets où grimpe la glycine et montent en spirale des airs mozartiens et des voix de haute-contre.

Les enfants sont venus vite. Un, deux, trois. Un garçon, une fille, un garçon. Des œuvres d'art vivantes. D'immenses toutes petites vies. Des promesses d'extase. De tempétueuses sources de vie. Et chacun, me semblait-il, déjà son caractère propre, malgré le sang commun. Anne-Marie leur donnait la vie, les créait, les léchait, je coupais le cordon, les nettoyais, les serrais contre mon cœur, et l'on sablait le champagne dans la salle de travail, qui sentait à la fois le raisin blanc et le désinfectant. Je n'ai jamais été plus heureux ni versé tant de larmes. J'aurais voulu hurler mon bonheur d'être un vivant trois fois plus vivant qu'avant leur naissance. J'ai appris avec eux qu'on pouvait pleurer de plaisir. Et que la joie est paradoxale. J'ai en effet tellement aimé les voir grandir que je souffre aujourd'hui de ne plus pouvoir les bercer. Leur enfance blond blé me manque ; elle me rendait si léger. Jusqu'au bout des doigts, j'éprouve encore le regret physique de ne plus les langer, les changer, les masser, les nourrir d'une cuisine sommaire et trop généreuse, les hisser sur mes épaules — ô, leurs petites jambes tièdes et potelées autour de mon cou —, les porter sur le ventre dans un sac kangourou, les promener sous les arbres, les précéder à ski, les suivre dans l'eau, les rassurer, les dévorer et m'endormir dans leur souffle d'ange. À tort ou à raison, sans doute plus à tort, j'ai été un papa maman, toujours trop inquiet de ce qui pouvait leur arriver. Afin de rétablir une autorité parfois défaillante, Anne-Marie s'appliquait à être une maman papa et corrigeait, à juste titre, mes complaisances, mes indulgences, mes excès d'effusions. Tous les cinq, nous sommes les doigts d'une même main caressante.

(J'imagine que je te fais sourire. Peut-être même te moques-tu de moi, de mes attendrissements, de mes faiblesses, de ma trop grande sensibilité. C'est ainsi : il y a chez moi de l'animal dans son ressui, qui protège ses petits et leur rapporte au crépuscule de quoi manger ; qui sort ses crocs, si on leur veut du mal ; et qui ne dort que d'un œil. J'ai moins une intelligence qu'un corps paternel, enivré par le parfum de la nichée, ému par la tiédeur de la couvée, équilibré par le quintette vocal que nous formons.)

Je n'ai ensuite écrit des livres que pour leur exprimer mon amour, leur dire combien ils me forçaient à être debout, et pourquoi ils repoussaient, par leur vitalité, leur robustesse, l'affreux spectre de l'accidentel, qui n'a jamais cessé de me hanter. Car fonder une famille, c'était aussi travailler à éradiquer cette fatalité qui transforme les enfants disparus en regrets éternels et fait chuter les jeunes pères qui ne demandaient qu'à vieillir un peu plus, rien qu'un peu plus.

Parlons-en, des morts. Anne-Marie et moi, nous leur avons été fidèles, nous ne les avons jamais trompés. En nous gardant de tout protocole funèbre, nous les avons naturellement mêlés à notre vie, nous avons fait du passé un présent perpétuel. Je nous vois encore, tous les cinq, visiter la grande exposition consacrée par la Bibliothèque nationale, rue de Richelieu, à Gérard Philipe, où l'on avait sorti des greniers de la mémoire les costumes du Cid, de Lorenzaccio et du Prince de Hombourg : c'était gai, festif, stimulant. On rendait visite à un grand-père insolent et sportif, qui tapait dans la balle sur l'herbe jaune d'Avignon, faisait des grimaces derrière les vitres du car du TNP, avait la grâce et se riait de l'esprit de sérieux. Nos enfants lui trouvèrent un air coquin, un côté copain. Surtout dans *Fanfan la Tulipe*, où il gambadait sur les toits de tuiles provençales et tenait en selle dans un triple galop d'anthologie : « Il était si bon comédien, expliqua Christian-Jaque, que même le cheval croyait qu'il savait monter. » Ce n'était vraiment pas un génie encombrant. Il me semble qu'il a donné à Gabriel de son intrépidité, à Jeanne de sa fierté, à Clément de sa virtuosité et aux trois, de son charme étourdissant.

Ils ont découvert en revanche dans mes livres que leur autre grand-père, notre père, était bien meilleur cavalier. Et que le très fin lettré avait le goût de la galopade. J'aime bien l'idée qu'on se passe désormais les rênes de père en fils. Rien de moins triste, de plus joli. Chez nous, morts et vivants trottent enlevé, et de front. Aujourd'hui, je leur offre cet impossible portrait du frère jumeau, j'ajoute un oncle transparent à leur parentèle, je raccommode ce que le temps a déchiré, et c'est très bien.

J'oubliais, dans mon bilan volatil, la passion d'un métier qui me définit et donne, depuis si longtemps, un sens à ma vie : le journalisme. J'en aime la rigueur, les contraintes, les utopies, l'impérieux devoir de justice et la caracolante urgence. Je lui saurai toujours gré d'avoir offert une raison sociale à mon furieux besoin d'écrire, une appellation contrôlée à mes plaisirs — lire, écouter de la musique, arpenter les musées, aller au théâtre ou au cinéma — et une justification à mes vagabondages littéraires. Je n'avais pas vingt ans lorsque j'ai commencé à collaborer à un hebdomadaire — c'étaient *Les Nouvelles littéraires*, aujourd'hui disparues. Cela fait donc trente-cinq ans que je noircis du papier. Sans m'en lasser, sans regretter d'avoir consacré une telle énergie à cette activité périssable, sans avoir un seul instant cédé à la routine — chaque jour est comme neuf, chaque article, le premier, chaque enthousiasme, d'un novice et chaque combat, d'un bleu.

Je te dirais volontiers que j'ai toujours beaucoup travaillé — pour deux, Olivier. Mais la vérité est que je n'ai pas le sentiment de travailler : le plaisir que j'éprouve à la tâche doit être proche de la satisfaction dont s'enorgueillissent les artisans appliqués, au fond de leur atelier, à fabriquer des objets qui leur ressemblent et finiront, tant mieux, dans la chambre d'un inconnu au grand cœur.

Je t'ai dit l'essentiel. Je crois que je n'ai rien oublié. Si, il me manque encore de t'avoir confié ceci : l'impression étrange d'être sans âge ne m'a jamais quitté. C'est le grand avantage d'avoir été vieux très jeune, on a l'illusion de rajeunir en vieillissant. J'ai toujours pensé que de t'avoir perdu à cinq ans et demi et d'avoir vu disparaître notre père à quarante-cinq avait brouillé pour toujours ma notion de l'espace-temps. Il y a, inscrit dans ma chair, du garçonnet qui réclame son double et du fils qui augmente l'existence de son père. Un mélange d'enfance prolongée, d'adolescence ravagée et de maturité incertaine, perplexe, sidérée. Je finis par ne plus savoir si je suis né le 4 octobre 1956, le 7 juillet 1962 ou le 21 avril 1973. Si j'ai l'âge de mes révoltes révolues ou celui de ma joie de vivre.

Je me reproche parfois d'avoir le goût du temps jadis. J'ai tort, car je n'y peux rien. C'est le passé qui ne veut pas se passer de moi. Comme le cœur, il est devenu avec le temps un organe vital. J'en prends soin. La preuve.

Ne t'inquiète donc pas, Olivier. Ce dont le destin t'a privé, je l'ai vécu pour toi, tu l'as vécu avec moi. Même avec une jambe en moins, on peut aller très loin, et plus vite que les êtres complets. Le handicap est parfois un privilège. Dors bien, mon jumeau, j'ai baissé la lumière et je veille encore.

Tu as remarqué, je t'écris toujours depuis la Normandie. D'ailleurs, je n'écris qu'ici. Ailleurs, sans mon rideau d'arbres et le cercle de mes collines, sans mes ciels changeants et mes silences odoriférants, sans les chevaux sur le dos desquels je poursuis, rênes souples, ce dialogue hors du temps, je suis un autre. Dans mon bureau, au cœur de la grande ville, me voici soudain plus obligeant, rigoureux, industrieux, maniaque, et beaucoup trop soucieux de bien faire pour céder à la mélancolie, au besoin de mettre des mots justes sur mes rêveries incertaines.

Une fois, se promenant sur Internet, mes enfants sont tombés par hasard sur de vieilles images de moi, qui datent de l'époque lointaine où je produisais des émissions littéraires à la télévision. Ils s'esclaffent gentiment. Quoi, ce jeune homme gourmé, cravaté, shampouiné, si sûr de lui, qui s'adresse à la caméra avec un aplomb où le doute n'a pas sa place, c'est leur père ? J'ai beau leur expliquer que c'était alors une manière radicale de vaincre ma timidité ; qu'on m'avait mis très tôt — à leur âge, en fait — sous les projecteurs ; que j'avais le sentiment nécessaire de briser ainsi un tabou en désobéissant à mon père mort, dont la détestation du petit écran (où tout était, selon lui, vulgarité, vanité, superfluité, populisme) n'avait d'égale que son admiration pour les intelligences discrètes, les œuvres clandestines, les textes rares, les philosophies séditieuses et les *Happy few* ; et que j'étais contraint, pour prendre de l'assurance, pour me conforter dans mon choix, d'en rajouter, rien n'y change, ils continuent de rigoler. Comment ne pas leur donner raison et les prier d'éteindre l'ordinateur. Car je ne me reconnais pas dans ce miroir où j'épie chez moi tout ce que je déteste chez autrui : la suffisance, le cynisme, la fausse éloquence, l'envie de paraître. J'ai quitté la télévision à trente ans, et toujours refusé d'y retourner, parce que j'avais conscience du mal qu'elle me faisait et je savais combien, en me déformant telle une méchante loupe, elle m'éloignait de ma vraie nature. Mais qu'est-ce que ma vraie nature ?

Car il n'empêche que je suis double, comme le sont tous les jumeaux. Et plus double encore de devoir, seul et sans cesse, occuper alternativement les deux sièges. N'étaient notre naissance sous le signe de la Balance, ma propension à l'équilibre — la fameuse assiette du cavalier —, mes goûts prononcés, qu'ils soient musical, pictural ou architectural, pour l'impeccable esthétique de la symétrie, mon amour de l'harmonie et ma phobie des conflits, j'aurais sans doute pu devenir schizophrène. Qu'ont en commun, en effet, l'homme pressé qui fabrique un journal ou se donne en spectacle à la radio et l'homme de cheval qui ignore le cours du temps en remplissant, à pas d'heure, ses cahiers à spirale de propos inactuels, d'idées éphémères et d'images sépia ? Une part de moi est dans le présent décomposé, l'autre dans le passé recomposé. J'ai la passion de l'ordre et une attirance pour la sauvagerie. J'aime et je déteste plaire. Je suis enfantin et grave. Trop raide et trop souple. À la fois très susceptible et indifférent au qu'en-dira-t-on. D'une pudeur maladive et capable, comme ici, sans aucune gêne, de me mettre à nu en public. Je suis à la fois inquiet et insouciant, sociable et misanthrope, bavard et mutique, enraciné dans la terre meuble et aspiré par les ciels équivoques. Avec, pesant sur moi, l'obsession du bien et du mal, une conscience aiguë du devoir, une estime éperdue pour les héros qui ont risqué leur vie — si je n'avais été journaliste, j'eusse aimé être juge et m'adosser à un chêne centenaire. Tout est double dans le monde bipolaire qui est le mien depuis que tu n'es plus là. *Je* n'en finira-t-il donc jamais d'être un autre ?

Mais cessons. Il fait si beau, aujourd'hui. Les cerisiers sont en fleur. Les pommiers vont suivre. L'air embaume l'herbe qu'Anne-Marie a tondue ras hier soir. La campagne entre, pour quelques semaines, dans l'heure japonaise, que j'adore. Le soleil réchauffe le mur de pierres sèches du potager, la pente moussue descend jusqu'au ruisseau en paliers abstraits, notre petit jardin ondulé et arrondi, planté de saules, de sapins, de pommiers, de pruniers, de lauriers, de camélias, d'hortensias, où ne manque sur le gravier qu'une maison de thé, s'inscrit dans le paysage en perspectives multiples. Gabriel, mon héros, Jeanne, ma princesse, et Clément, mon chevalier troubadour, sont venus passer le week-end de Pâques. Ils prennent le soleil avec gourmandise. Ce sont des hédonistes énergiques. Je les regarde vivre et s'aimer comme si j'étais au spectacle. Leur bonheur me rassure. Leur beauté me protège. Leur joie m'allège. Leur complicité me ravit. Leur intelligence du monde me récompense de tout ce que je ne comprends pas. Avec eux, je cesse alors d'être double, il me semble enfin que je suis un, et entier. C'est un problème que je confie aux mathématiciens, car je n'ai jamais été bon en calcul : comment peut-on être unique lorsqu'on est cinq, et deux quand on est seul ?

Le président Lech Kaczy'nski a disparu samedi dernier, 10 avril, broyé dans des draps de tôle frois-sée, alors qu'il se rendait en Russie. Son Tupolev 154 s'est écrasé dans la forêt de Smolensk, à quatre cents kilomètres à l'ouest de Moscou, au milieu des immenses fosses communes où fut jetée, au printemps de 1940, après avoir été abattue d'une balle dans la nuque, l'élite de son pays.

Le chef de l'État polonais, accompagné d'une centaine de ministres, parlementaires, militaires, banquiers et chefs d'entreprise, dont aucun n'a survécu, avait choisi d'aller assister aux cérémonies qui devaient célébrer le soixante-dixième anniversaire du massacre de Katyn, dont les Soviétiques nièrent la responsabilité jusqu'en 1992, la reportant sur l'armée nazie. Il allait honorer ses morts, il les a rejoints et, dans ce voyage sans retour, est resté avec eux.

La presse est pleine de sidération et de compassion. Les géopoliticiens s'interrogent sur l'avenir d'un pays soudain décapité. Les historiens en appellent au destin, qui ravit Kaczy'nski sur la terre même où, soixante-dix ans plus tôt, Staline avait fait exécuter par sa police politique des milliers d'officiers, de notables, de médecins et d'étudiants polonais. Les Occidentaux se demandent pourquoi Vladimir Poutine, qui se rendait également à Katyn pour la commémoration et qui a officiellement reconnu ce crime, n'a toujours pas demandé pardon au peuple que son pays a martyrisé. À Varsovie, la foule pleure à la fois son Histoire et son président, qui manquait pourtant de charisme, de clairvoyance et de grandeur. Mais il était un symbole. Il va désormais devenir une légende.

Mystère, tout cela me laisse indifférent. Je me sens étranger à cette tragédie collective, je ne suis sensible qu'au drame intime de Jarosław, le frère jumeau de Lech, demeuré à Varsovie pour veiller leur mère malade de quatre-vingt-quatre ans, à laquelle il doit donc d'être encore en vie. Je pense moins à sa douleur qu'à son désarroi, et aux questions qui l'assaillent. Comment va-t-il survivre à celui dont, jour après jour, il a partagé la vie pendant soixante ans ? Poussera-t-il le mimétisme jusqu'à se présenter, en juin prochain, à la présidentielle afin de succéder à son jumeau mort ?

Bien avant le crash, l'histoire de ce couple poupon et grognon aux joues de hamster m'a toujours intrigué. Même âgés, ils ressemblaient à deux enfants vieillis, à deux clones dodus qu'une persistante tristesse contaminait, à deux siamois engoncés dans les mêmes costumes gris, ronds et rigides à la fois. Il était souvent difficile de les distinguer tant ils se ressemblaient. Depuis toujours, ils s'étaient confondus, jouant à douze ans dans un film, *L'Histoire des petits voyous qui ont décroché la lune*, allant dans le même lycée, faisant les mêmes études de droit, militant main dans la main contre le communisme, s'inscrivant ensemble dans le mouvement Solidarno's'c, fondant de concert le parti conservateur Droit et Justice, pratiquant la même foi catholique, portant la même moustache, qu'ils rasaient au même moment, et parvenant main dans la main au pouvoir, où Jarosław, s'inclinant, devint le Premier ministre de Lech. Une situation paradoxale si l'on en croit Lech Wałęsa, pour qui le premier était le véritable cerveau et le second, son exécutant fidèle. Jarosław était le dominant volubile et Lech, le dominé silencieux. Depuis que son frère cadet de quarante-cinq minutes est mort et qu'il a reconnu son corps, le rescapé n'exprime d'ailleurs aucune émotion, ne verse aucune larme. J'ai l'impression qu'il veut se montrer plus fort encore, fort pour deux, et que Lech continue secrètement de vivre en lui, d'obéir à ses ordres, d'appliquer sa politique.

Un quotidien français fait témoigner Witold Malinowski, gémellologue de l'Académie de médecine de Poméranie, car il existe des gémellologues comme on dit cardiologue ou gynécologue : « La mort pour celui des jumeaux qui reste est un traumatisme énorme, un choc bien plus fort que chez les frères et sœurs non jumeaux. Il l'éprouve comme une amputation d'un de ses membres. Il ne faut pas oublier qu'ils ont été un être unique dans le stade embryonnaire, avant de se diviser en deux êtres humains séparés. » Une seule différence les distinguait : Lech s'était marié, avait eu des enfants et des petits-enfants alors que Jarosław était demeuré célibataire, comme s'il n'avait jamais voulu trahir le couple originel qu'il formait avec son jumeau monozygote. La mort le lui a rendu, à lui seul.

Mais le miroir est brisé. Ce miroir où l'un voit chez l'autre ce qu'il n'a pas toujours envie de voir. Ce miroir qui montre, de soi-même, le meilleur ou le pire. Ce miroir dont Paul Morand disait que c'est « une glace qui ne fond pas ; ce qui fond, c'est qui s'y mire ».

J'imagine Jarosław, ce matin, dans le petit appartement qu'il partage avec sa mère. Elle dort encore, d'un sommeil médicamenteux, dans un lit au-dessus duquel veille un crucifix. Lui a passé une nuit blanche, malgré les somnifères. Il se lève et va dans la salle de bains. Il allume la radio, qui diffuse en boucle des musiques solennelles et des oraisons funèbres dédiées à Lech, le nouveau héros national. Il se regarde dans la glace, au-dessus du lavabo. Il n'est pas rasé, il a des cernes, des rides, ses cheveux blancs sont en bataille. Lentement sa main passe sur son visage épuisé, sa main caresse leur visage épuisé. Qui est qui ? Qui part, qui reste ? Il s'asperge d'eau, et croit entendre le rire des deux enfants qui faisaient leur toilette en jouant, il y a si longtemps, avec le savon carré, et que leurs parents grondaient en leur demandant de se dépêcher pour ne pas être en retard à l'école. Il fixe ses yeux dans les yeux de Lech. Il le cherche, il se trouve. Et soudain, il embrasse la glace, il embrasse son frère. La buée, qui prend un instant la forme de leurs lèvres, s'évapore aussitôt. Un rêve passe, le miroir demeure.

Ton privilège est de rêver pour l'éternité, le mien de me souvenir pour deux. Mais il ne suffit pas de se rappeler nos premiers frissons — frissons d'aise, d'émotion, de plaisir, de désir, voire d'extase —, encore convient-il de les organiser, de dénouer l'écheveau qui les entremêle, de tenter de comprendre pourquoi, à leur seule évocation, je suis saisi par un trouble persistant et l'envie, un peu innocente, de les éprouver encore. Car les frissons d'enfance, ces frémissements de peau, m'ont marqué à la manière dont, en sous-sol, les glissements creusent un territoire, modèlent un paysage, dessinent une perspective. Ils donnent du relief à une jeune vie.

Il m'a fallu ainsi du temps pour interpréter mon besoin viscéral et croissant de *campagne*. Pas la mer, non, pas la montagne non plus, et aucun de ces sites grandiloquents qui prêtent au lyrisme romantique ou à la ratiocinante méditation sur l'immensité du monde, la dérisoire petitesse de l'être humain. La campagne toute simple, ordinaire, douce, équitable, telle qu'elle se répète d'est en ouest, avec ses champs céréaliers coupés au cordeau, ses prés à vaches et à chevaux, ses futaies sans âge garnies de fougères, ses collines timides, ses vicinales endormies, ses cimetières de guingois, ses villages immuables blottis au fond des vallons et tassés autour d'une église qui sonne l'heure. Je parle de campagne, mais je pourrais aussi bien dire la province française, dont j'aime, je l'avoue, le discret ennui, l'imperceptible mélancolie, le temps alangui, le spectacle métronomique des saisons, la tendresse familiale, la visite aux morts et la farouche inactualité.

Si je m'y sens si bien, c'est qu'elle me restitue, avec une invisible générosité, tous les frissons de notre enfance. Nous sommes nés, en effet, au cœur d'une grande ville, Paris, mais nous avons grandi, été comme hiver, les week-ends s'ajoutant aux grandes vacances, entre la Seine-et-Marne maternelle et le Calvados paternel. Dans ma tête, ces deux petits pays éloignés, l'un crayeux et uniforme, l'autre sableux et varié, n'en font qu'un. J'en suis désormais l'unique résident. Il regorge de parfums puissants de fenaisons, de couleurs pâles qui se prêtent à l'aquarelle, de bruissements soyeux de peupleraies, après lesquels, aujourd'hui, je ne cesse de courir. Après ta mort, redoublant d'efforts, je me suis beaucoup dépensé et j'ai demandé à la nature de remplir le vide que tu avais laissé en moi. Je traversais la Seine verte qui sentait la vase, la mousse et la guinguette, dormais à la belle étoile, me cachais dans les forêts compactes de maïs, construisais des radeaux, arrachais les épis et mangeais les grains de blé mûr, m'allongeais dans l'herbe haute pour regarder passer les merveilleux nuages, ou explorais les malles à costumes dans les greniers à rats : je crois bien que j'écris aussi afin de conjuguer au présent perpétuel ces verbes frissonnants.

Ma campagne des années soixante est indissociable du rituel auquel nos deux familles sacrifiaient chaque dimanche : la messe. À Bray, l'église était vaste, elle gouvernait le bourg ; à Saint-Laurent, elle était petite et dominait la vallée qui mène à la mer. Si j'écoute avec passion, et même un peu de ferveur, la musique baroque et sacrée, si les voix de contre-ténors me donnent la chair de poule, si les jeux d'orgue me transportent, si mes enregistrements de chevet sont les *Leçons de ténèbres* de Couperin, psalmodiées par Alfred Deller, les *Suites* de Bach, interprétées par Rostropovitch dans la basilique de Vézelay, le *Ombra mai fù* de Haendel chanté par Gérard Lesne ou Andreas Scholl, le *Requiem* de Mozart, les *Stabat Mater* de Vivaldi et de Charpentier, les innombrables *Cantates* de Bach, ce n'est pas que je sois enclin à la religiosité, c'est que je redeviens le garçonnet émerveillé, dans ces églises froides et humides, par le vieil harmonium, les chorales d'anges, les chants de Noël ou de Pâques qui semblaient tomber du ciel et témoigner d'un insondable mystère. Aujourd'hui, dans ces voix de hautes-contre, qui réveillent chez l'homme mûr l'enfant d'autrefois, je crois entendre ton chant : c'est la mélodie de la gémellité, le son pur et transparent d'Olivier dans le corps de l'adulte Jérôme.

Je me rappelle un autre premier frisson : celui de la lecture, qui allait fonder ma vie. À ses nombreux petits-enfants assis en tailleur autour d'elle, notre grand-mère maternelle, assise, t'en souviens-tu, dans un grand fauteuil en osier, racontait admirablement, jouant tous les rôles à la fois, les histoires de la comtesse de Ségur. Nous étions comme au théâtre, aux premières loges. Et puis vint le jour, tant espéré, où, à mon tour, je pus lire, dans le texte, *Les Malheurs de Sophie*, *Un bon petit diable* ou *Le Général Dourakine*. Non sans cérémonie, ma grand-mère me prêta ses précieux volumes en cuir rouge augmentés de gravures. J'avais beau connaître par cœur les petits héros, les intrigues et leur inévitable morale, j'exultais en découvrant le pouvoir qui était soudain le mien : pénétrer seul dans un livre, l'habiter, y vivre une autre vie, respirer un air nouveau, faire des bêtises sans être grondé, se goinfrer de chocolats sans être malade, être libre, oh, tellement libre, et t'y retrouver. À partir de ce jour, la bibliothèque de Bray devint ma seconde maison, mes vacances perpétuelles, mon île au trésor, mon horizon et ma revanche triomphale sur le monde réel — l'odieux, le scandaleux monde réel, où les jumeaux sont séparés.

À quatorze ou quinze ans, je ne sais plus, j'ai connu mon dernier premier frisson. La nuit d'hiver était tombée sur une petite maison sise en bordure de la forêt de Fontainebleau, où l'adolescente dont j'étais amoureux m'avait invité. Elle dormait dans l'atelier de son père, artiste du dimanche, qui sentait la peinture à l'huile et la térébenthine. On me proposa de coucher dans la chambre de ses frères. Après les douze coups de minuit, je la rejoignis sur la pointe des pieds et, après avoir enlevé mon pyjama, me glissai dans son lit étroit et creux. Elle était nue, et un peu inquiète. Moi aussi. Lentement, ma main maladroite, inexperte, caressa son corps de la tête aux pieds, découvrit dans l'obscurité le voluptueux ondulé des seins, la formidable chaleur du ventre, l'humidité sous la toison folle et les longs muscles des cuisses soyeuses. J'entrais dans l'âge adulte en tremblant de plaisir. Un royaume fascinant et rassurant s'ouvrait soudain à moi, brûlant comme le Maghreb, aussi fleuri que l'Anjou, salé et sucré à la fois, plein de sources et de valleuses, tout en courbes et en pentes douces, un royaume où rêver, dormir, se perdre, pleurer — mais de joie. Depuis cette lointaine nuit initiatique, j'ai décidé de prêter aux paysages que j'aime des vertus exclusivement féminines. Ils me le rendent bien.

J'ai toujours pensé que ma passion pour le

cheval était une manière inavouée, et somme toute assez respectable, de retourner dans notre enfance. Je découvre, en désignant ici mes émotions d'autrefois, combien, parfois à mon insu, l'équitation les rassemble. Car monter, c'est arpenter aux trois allures une campagne inchangée, s'enivrer du parfum des champs de colza et de l'herbe fauchée, longer de vieux murs mangés par le lierre qui m'évoquent le jardin de Bray et des haies de mûriers qui me rappellent l'arrière-pays de Saint-Laurent, avoir l'illusion de trotter botte à botte avec notre père, si droit et fier sur son grand cheval bai. Monter, c'est aussi dresser dans des manèges vastes et frais comme des cathédrales. La musique sacrée, orgue et cordes mêlés, y accompagne des figures très anciennes, favorise des airs aussi purs que des prières, et donne à l'assiette du cavalier l'énigmatique position du pénitent. Monter, c'est enfin s'accoupler, atteindre parfois l'extase au rythme cadencé, jouissif, du lascif galop. Et quand vient l'heure de mettre pied à terre, j'ai toujours l'impression de quitter un monde déraisonnable et d'être rappelé à l'ordre par ceux qui savent mon âge, mon adresse parisienne, ma situation sociale, mes tâches ordinaires, mes devoirs, mais ignorent tout de moi. De toi et de moi. Et c'est mieux ainsi.

J'ai passé toute la matinée avec Danseur, le beau lusitanien d'Anne-Marie à la robe neigeuse, dans les hautes collines de Victot-Pontfol. La montée est raide, sur un chemin forestier zébré de profondes ornières, mais là-haut, sur la crête, les sinueuses allées cavalières se méritent ; elles sont d'une fraîcheur sucrée, embaument le lilas et l'aubépine. Martelant le sol sec, les foulées de trot rebondissent — Danseur a la grâce mutine et inquiète du chevreuil. Derrière les haies, les jeunes pousses verdissent sous le soleil et annoncent déjà de belles moissons ; je pense à cet anthropologue écossais, sir James George Frazer, qui tenait des populations tropicales qu'il convient, afin de les féconder, de promener, tels de petits rois dispensateurs de bienfaits, les bébés jumeaux au milieu des champs stérilisés par la sécheresse.

Au retour, on descend tranquillement au pas. C'est l'allure des rêveries buissonnières, des méditations sans objet, ce que le cavalier Montaigne, en route pour l'Italie, appelait ses « plus larges entretiens ». Voici que le mouvement du cheval favorise celui de la pensée. Le corps, occupé à marcher droit et gouverner la masse sur laquelle il est assis, libère l'esprit, l'autorise à vagabonder où bon lui semble, à jouer de son côté. C'est alors que, pensant à ce livre sur toi, me vient, comme une révélation, cette évidence : est-ce que mon impérieuse envie de monter, le bonheur que j'éprouve à galoper seul dans des campagnes sans âge, la voluptueuse sérénité qui préside à chacune de mes sorties, et le plaisir enfantin qui me saisit ne sont pas intimement liés à toi, à mon besoin inavoué de toi ?

Pourquoi n'ai-je jamais mesuré avant aujourd'hui, dans la pleine lumière du printemps, combien l'équitation était, par essence, une activité gémellaire ? Car dans mon plaisir de monter, il y a celui, fabuleux, d'avoir quatre jambes et de regarder loin devant, jusqu'à la ligne d'horizon, avec quatre yeux. Il y a ce sentiment étrange, qui procure une force supérieure, d'être deux, et pourtant de ne faire qu'un. Ensemble, on s'augmente et se comprend sans se parler. Malgré le danger, le risque, l'imprévu, on n'a peur de rien. Je ne vois pas, hormis dans l'amour physique, d'autre couple aussi confiant et fusionnel que celui formé par le cheval et son cavalier. Deux êtres vivants s'unissent jusqu'à se confondre, communiquent avec des gestes invisibles, se font des confidences que personne n'entend, complotent en secret pour fuir le monde ordinaire, pour faire des exploits. Ils ne sont rien l'un sans l'autre. Ils sont indissociables. Nous sommes indestructibles. Quelle sublime illusion !

La passion de notre père pour les sports équestres et sa chute mortelle ont longtemps trompé ma vigilance. Par sa rassurante puissance, son imposante grandeur, son irascible autorité, le cheval m'évoquait l'image paternelle. Je n'ai remis les pieds dans des étriers que pour tenter de le rejoindre. Je comprends enfin que c'était aussi une manière de te retrouver. De retrouver la joie que nous avions, enfants, à nous tenir par la main et à croiser nos petites jambes.

Même si tu n'étais pas mort, si tu avais mené ta vie de ton côté, connu d'autres bonheurs que les miens, construit ta famille, travaillé dans un monde différent, je suis certain que tu m'aurais manqué comme je t'aurais manqué. Car, bien avant l'accident, c'est la naissance qui nous a séparés. Il se trouve même des scientifiques pour prétendre que les jumeaux s'aiment déjà, durant des mois, dans le ventre de leur mère. Ils dialogueraient, s'observeraient, se toucheraient, multiplieraient l'un vers l'autre des gestes lents auxquels le liquide amniotique conférerait une manière de grâce détachée, d'insoucieuse félicité. Des échographies auraient même révélé, à partir de l'instant où la vision commence à se développer chez les fœtus, un incroyable baiser des jumeaux : deux petits nageurs qui s'enlacent et deux bouches qui s'embrassent dans l'insondable nuit intra-utérine, image sidérante d'un amour d'avant l'amour, d'une étreinte physique et peut-être mentale qu'ils chercheront en vain à reproduire tout au long de leur vie. J'ignore si s'est imprimée en moi la nostalgie de ce baiser qui précède la lumière du jour, mais je suis certain d'avoir connu avec toi, dans le ventre de notre mère, une extase dont je suis orphelin, une paix qui ne me laisse pas en paix.

Il m'arrive de lire des témoignages de jumelles et de jumeaux qui, pour se consoler de la désunion originelle, se vouent un amour fou, exclusif, dont je suis parfois un peu jaloux. Car ils peuvent compter l'un sur l'autre et sont dotés d'une seconde mémoire. Mais leur souffrance secrète est aussi de considérer, malgré d'innombrables efforts pour se raisonner, que chaque étape de leur existence — l'entrée dans l'âge adulte, le mariage, la maternité ou la paternité — est une nouvelle infidélité à leur couple organique dont, en grandissant, ils doivent faire le deuil.

Ma chance à moi est d'ignorer pour toujours la peur de te voir disparaître et la hantise de devoir te survivre. J'ai perdu très tôt l'argument de mon inquiétude. Ma souffrance est très vieille, elle a des rides sur le front et des poches sous les yeux. Je me suis endurci. Avec le temps, j'ai appris à faire de ton absence une présence sournoise et tranquille qui ressemble à la caresse du vent d'été, aux nuages effilochés, ces passants du sans-souci, et au bruissement mélodieux des feuilles ovales, vert clair argenté, de l'olivier, cet arbre au tronc noueux, à l'écorce crevassée, qui vient de si loin et vit si vieux. Les jumeaux vivants ne connaissent pas cette équanimité, qui craignent chaque jour la disparition de leur double et aspirent secrètement à mourir le premier.

Après l'avoir dessellé, j'ai passé le jet d'eau sur les jambes de Danseur et l'ai remis dans sa stabulation. Il s'est jeté sur sa nourriture. Je l'ai caressé et remercié. Pour la promenade, et tout ce qu'il m'a aidé à comprendre. C'est l'avantage des chevaux, ils nous rendent plus allègres, ils nous désencombrent et nous décrassent.

Ce texte que je t'écris, poste restante, entrecoupé de longs silences, de rêveries inutiles, d'hésitations maladroites, de questions en suspens, de sourires invisibles, d'émotions bien camouflées, ce texte que rythment des galops printaniers sur la plage, la taille méthodique des rosiers, la cueillette des cerises, l'arrosage des jeunes lauriers, ce texte parfois étouffant que je laisse reposer pour y faire entrer la vie par effraction, par courant d'air, afin de respirer un peu, je ne suis pas sûr, aujourd'hui, de vouloir qu'il voie le jour. Peut-être conviendrait-il de le laisser à l'état de brouillon, de vieux papier, de palimpseste, et de ne pas enfermer cette confidence volatile dans un livre définitif. Il ne s'agit pas d'une pudeur mal placée ni d'une gêne sans emploi ; c'est seulement que je m'interroge sur la clarté de ma démarche. Que peut-on vraiment comprendre à ce dialogue d'outre-tombe, qui est ma part intime ? N'est-il pas, malgré mes efforts pour l'ordonnancer, le prolongement de ce jargon hermétique, codé et séditieux qui était l'idiome exclusif de notre couple ?

Une psychologue, Irène Lézine, qui a travaillé sur le mode d'expression des jumeaux, tient qu'ils ont deux langages. Celui qu'ils utilisent pour s'adresser à leur entourage familial ressemble à celui de la plupart des enfants ; et celui dont ils usent pour communiquer entre eux deux est inintelligible à autrui. (On se souvient peut-être de *Poto et Cabengo*, l'édifiant documentaire de Jean-Pierre Gorin sur la langue inventée par deux jumelles californiennes de six ans, Grace et Ginny Kennedy, dans les années soixante-dix, où « butter » devenait « buhdah » et « potato salad », « putahtralet ».) C'est un sabir, où entrent de l'argot phonétique et de l'espéranto puéril, que les chercheurs nomment « cryptophasie » — du grec *crypto*, caché, et *phasis*, parole. Ils l'inventent pour se dire ce qui ne se dit pas et que personne d'autre ne doit saisir. Ils s'en servent afin d'exprimer des sentiments dont ils sont les seuls dépositaires. Ils donnent ainsi des mots à leur complicité, une syntaxe à leurs secrets et une grammaire à leur amour. Ce vocabulaire gémellaire, sur lequel souffle le vent de la mère, Michel Tournier, dans *Les Météores*, l'appelle joliment l'« éolien ».

Avons-nous, toi et moi, parlé l'éolien ? Je ne m'en souviens plus, mais j'en suis convaincu. J'ai gardé en moi, en effet, la mémoire floue de nos longues et murmurantes conversations dans l'obscurité, avant de nous endormir : elles devaient être pleines d'éolien. Et c'est sans doute dans ce charabia hilare dont il importait que nos parents ne pussent le traduire que nous avons, un matin de nos cinq ans, planifié une opération dont les conséquences auraient pu être dramatiques : elle consistait à lancer, depuis la fenêtre ouverte de notre chambre, au quatrième étage, nos jouets les plus lourds et nos objets les plus contondants sur les passants du boulevard Saint-Germain. Un vrai bombardement. Une pluie de bois et de fer. Il fallut que sonne, à la porte, un gardien de la paix ulcéré — je vois encore, en contre-plongée, son képi et son doigt menaçant — pour mettre un terme à notre séance de tir. Le rouge aux joues, nous nous sommes repliés tous les deux dans nos lits jumeaux et avons caché notre honte sous les draps, sans cesser de nous étonner, toujours en éolien, d'avoir provoqué, avec quelques camions de pompiers métalliques et un bataillon de soldats de plomb, une telle catastrophe urbaine. Mais faire des bêtises ensemble et les orchestrer sous le boisseau, c'était encore une manière d'unir nos forces et de comploter comme deux petits agents secrets.

J'ai l'impression que Marie Nimier, dont les livres désordonnés et musicaux me séduisent tant, parle de nous lorsqu'elle raconte, dans *Photo-Photo*, avoir été engagée, à dix-sept ans, pour garder des jumelles. Leur père, qui était arrogant et coercitif, les appelait bêtement les

« poupées ». Marie n'a jamais regretté cet employeur aux doigts boudinés. Mais elle se rappelle avec émotion les deux fillettes aux mains adorables. « Je me demande, écrit-elle, ce que sont devenues les jumelles, et si elles lisent ces lignes un jour, j'aimerais qu'elles me parlent de cette langue qu'elles utilisaient toutes les deux, une langue composée de gestes et de phrases mélangés, comme si les mouvements du corps étaient entendus au même titre que les sons, dans une grammaire commune, parfaitement maîtrisée, les plaçant haut, très haut dans mon estime, bien au-dessus de leur père et son martinet suspendu. »

Quand tu es mort, j'ai perdu avec toi ce verbe mystérieux qui nous unissait. Il était le parler officiel d'un royaume autarcique dont nous étions les princes et les seuls sujets. Dès lors, je me suis appliqué à m'exprimer dans la langue de tout le monde. À la manière d'un étranger soucieux de s'intégrer, j'ai travaillé à me faire comprendre, dans ce français que j'ai toujours aimé, dont j'ai goûté très tôt la clarté, la musicalité et les infinies nuances. Car j'ai été un élève obéissant, scrupuleux et soucieux de perdre l'accent de son éolien originel. À la fin de l'année, sur l'estrade de l'école communale de la rue Saint-Jacques, je recevais des tableaux d'honneur et des prix, le plus souvent des livres entourés de rubans — je me rappelle un grand Balzac, *Les Chouans*, je crois, sous sa couverture rouge. On me félicitait, on vantait mes dispositions naturelles — elles l'étaient si peu, en vérité — pour la rédaction, la lecture et l'expression orale. Je m'étais fixé comme objectif d'être bon en français et mauvais en calcul. Je crois que, longtemps après, je me suis mis à écrire pour tenter de retrouver notre langage secret et le traduire dans celui, conventionnel et rigoureux, que l'on m'avait appris. J'ai tenté d'adapter, en adulte courant, les palabres de l'enfance. En somme, je suis un auteur *cryptophasique*. Je converse avec mes morts en feignant de m'adresser à mes contemporains. Je dialogue avec toi, entre les lignes. Comprenne qui pourra.

« Il est très habituel que les jumeaux aient non seulement un retard de parole, mais un retard du développement du langage. Constituant à eux deux un milieu à part, dans lequel la communication se poursuit par les gestes, la mimique et les sons vocaux, les jumeaux s'isolent en partie de leur famille et ensuite de la société, pour maintenir entre eux une cohésion qui les gratifie. La communication verbale peut demeurer longtemps au stade du jargon, ou devenir un jargon entremêlé de quelques mots déformés empruntés à la langue parlée : c'est l'idioglossie. » L'homme qui fait cette analyse, en 1972, dans un ouvrage savant intitulé *Les Troubles du langage, de la parole et de la voix chez l'enfant*, s'appelle Clément Launay. C'est Pam, notre grand-père maternel. En rédigeant ce paragraphe, se souvenait-il de nous ? Y avait-il glissé, à l'insu de sa collaboratrice, Suzanne Borel-Maisonny, une orthophoniste qui me prodigua ses leçons quand j'avais sept ans, une discrète évocation de nos chuchotements qu'il aurait captés, enregistrés et consignés ?

Pédopsychiatre, chef de service à l'hôpital Hérold, ancien élève de notre arrière-grand-père paternel Georges Guillain, membre de l'Académie de médecine où il siégeait aux côtés de notre autre grand-père, Raymond Garcin, Pam avait été formé à la pédiatrie avant de s'orienter vers la psychopathologie infantile. Il avait publié, en 1948, un *Précis de médecine infantile* et, en 1959, aux PUF où travaillait déjà notre père, un essai sur *L'Hygiène mentale de l'écolier de six à dix ans*. Il avait étudié en particulier les retards et les régressions affectives dans la petite enfance, le spasme du sanglot, l'énurésie, l'anorexie mentale, l'étiologie des dyslexies et du bégaiement, l'épilepsie, et il avait ardemment milité pour l'adoption, dont il allait bientôt rédiger le généreux et sourcilleux traité avec Simone Veil.

Pam était un homme bon, souriant, attentif et hyperactif. À Bray, il troquait volontiers sa raquette de tennis contre la pelle et l'arrosoir, longeait les rives de la Seine à vélo, lisait autant de romans historiques que d'ouvrages scientifiques, courait la campagne afin de trouver des partenaires de bridge, jouait du violoncelle que ses filles accompagnaient au piano, s'occupait de ses douze petits-enfants, car c'était, tu t'en souviens, un grand-père pédagogue. Mais tu n'as pas connu l'époque où il décida, avec notre grand-mère, d'emmener chaque année l'un d'entre nous, dès lors qu'il était parvenu à l'âge de l'adolescence, dans un pays étranger. Pour moi et ma cousine Anne, qui avions le même âge, ce fut le Maroc, à Noël. Fès, Marrakech et Ouarzazate. Chaque soir, Pam et moi, nous dormions dans la même chambre. Il me protégeait, il m'écoutait. On riait beaucoup. J'ai le souvenir d'une de ces ententes exceptionnelles dont on ne sait jamais si elles tiennent à la faculté qu'a l'homme âgé de rajeunir ou aux efforts que fait l'adolescent pour se vieillir. Jamais il ne s'est adressé à moi en pédopsychiatre. Dieu sait qu'il devait m'observer à la loupe, analyser le moindre de mes comportements, tenter de comprendre ce qui restait en moi du jumeau rescapé, du garçon amputé qui, même au pied de l'Atlas, cherchait son double évanoui dans le miroir brisé. Du drame originel, nous n'avons jamais parlé. Par atavisme, il croyait aux vertus du silence. Il pensait que de désigner une plaie mal cicatrisée suffit à la rouvrir. Il préférait m'aimer en abdiquant, devant moi, tout ce que la science pédiatrique lui avait enseigné et que, en retour, il enseignait si bien, me dit-on, à la Faculté de médecine de Paris. C'est aujourd'hui qu'il me manque le plus. Je voudrais tant savoir, à l'heure où j'écris ce livre impossible, ce que le professeur

Launay pensait non seulement d'un tel traumatisme, mais aussi de la manière qu'on a d'y survivre.

J'ai conservé ses livres, qu'il m'avait dédicacés avec cette merveilleuse formule : « À mon petit-fils Jérôme, et *à mon ami.* » Il rêvait de me voir épouser la carrière médicale, où tous mes aïeux s'étaient illustrés. Il espérait peut-être que je deviendrais, un jour, mon propre médecin. Que je possède les outils de ma propre guérison. Et que je sois capable de gouverner seul ce qui détermine une vie, dont la mienne débordait : l'affectivité. C'est le mot qu'il utilisait le plus souvent dans ses précis. Avec cette clef, pensait-il, on ouvre toutes les portes de l'être humain. Dans son cabinet médical rempli de jouets et de jeux, j'aimais le voir mettre son stéthoscope et fermer les yeux pour mieux écouter les pulsations des petits cœurs, qui s'ouvraient à lui en battant la chamade et se libéraient de tout ce qui les oppressait. Il prenait son temps. Il accompagnait les enfants malheureux dans leur longue marche vers le bonheur comme il guidait, dans le jardin de Bray, la vigne vierge et les rosiers grimpants. C'était un médecin à l'ancienne, qui herborisait les jeunes vies.

C'est le moment du dessert. On dirait qu'elle n'a préparé le déjeuner que pour cette lente et cérémonieuse célébration du souvenir. Je veux l'aider à débarrasser nos assiettes. « Ne bouge pas, s'il te plaît. » J'obéis à son injonction. Je suis comme un enfant sage, bien assis sur sa chaise, le dos droit. Dehors, les oiseaux de l'été sont à la fête, ils semblent attendre les miettes du festin. Elle se lève, va à la cuisine, et revient en tenant dans ses mains une assiette sur laquelle repose, étincelante et tressautante, une crème au caramel. « Tu aimais ça. » Je souris. Elle repart aussitôt pour réapparaître, chargée d'une soupière de grosses fraises fraîches et d'une bombonne de chantilly. « Autrefois, on mettait de la vraie crème fraîche, qu'on allait chercher à la ferme de Mousseaux, mais bon, les temps ont changé. » Je lui dis que c'est trop, elle dit « mais non, mais non, ça se mange sans faim... » Et, déjà, elle a disparu pour aller chercher, d'un pas lent et protocolaire, une grande tarte aux abricots — « les abricots du jardin, que tu croquais à pleines dents à la belle saison ». Je m'extasie, et lui fais comprendre que je ne pourrai jamais faire honneur, malgré mon désir, à toutes ces merveilles. « Allons donc ! Tu étais si gourmand, ne me dis pas que tu ne l'es plus. » Et le va-et-vient continue. Je me demande quand il s'arrêtera. Cette fois, guettant ma réaction d'un œil coquin, elle dépose sur la table une jolie corbeille de chouquettes. « Tu te souviens, on en achetait en sortant de chez Mme Launay, dans la boulangerie du boulevard Saint-Germain. Tu les avalais l'une après l'autre... » Elle ne dit pas « vous les dévoriez ». On dirait qu'elle a encore peur du pluriel. Cinquante ans ont passé, et pourtant elle semble toujours regretter que le petit Olivier ait un « appétit d'oiseau », qu'il ne « profite » pas davantage. Il chipotait, je dévorais. Plus tard, elle ne m'a pas laissé partir sans m'avoir ordonné de mettre, dans le coffre de ma voiture, le cageot qui contenait tous les desserts auxquels, à son grand étonnement, je n'avais pas assez touché. Debout sur les marches de sa petite maison de la rue de l'Étang-Broda, elle m'a fait de grands signes de la main et crié : « Sois prudent, rentre bien, reviens vite. »

Oh, Colette. On l'appelait la grande Colette, parce qu'elle était haute de taille, qu'elle avait de la prestance, une carrure de garçonne et une voix claironnante. Ma grande Colette. Notre grande Colette. Un beau visage généreux, limpide, un visage de campagne. Elle avait dix-huit ans lorsque nous sommes nés. Engagée par nos parents, elle quitta Bray-sur-Seine pour venir vivre à Paris et s'occuper de nous deux. Faute de poussette, elle nous prenait, l'un dans chaque bras, et nous emmenait tous les jours au jardin de Notre-Dame ou à celui de Saint-Julien-le-Pauvre. Elle nous préparait nos repas, surtout à base de purée de carottes, nous faisait jouer, nous couchait, et nous accompagnait jusqu'à Saint-Laurent-sur-Mer, où nous passions une partie de l'été et où la terrorisait la présence, dans la maison, d'une gouvernante noire, venue de La Réunion, dont notre grand-père paternel, nostalgique de sa Martinique natale, s'était attaché le service. On était un peu ses enfants. Des enfants raisonnables, guère turbulents, dont elle parle aujourd'hui comme s'ils n'avaient jamais grandi. Elle-même a si peu changé. J'aime bien être assis en face d'elle ; j'ai encore l'impression de la regarder en contre-plongée. Grande Colette. Impériale nounou.

Je lui ai téléphoné il y a deux semaines. Alors que je ne suis pas retourné à Bray depuis vingt ans, que je ne lui ai plus donné signe de vie, que je m'en veux, elle n'a même pas paru surprise par mon appel. Le fil était toujours tendu et le temps, compressé. Sa voix, joyeuse, n'avait pas d'âge. « J'ai envie de te voir, lui ai-je dit. J'ai besoin que tu te souviennes de moi, de nous. — Pas de problème. Tu viens avec ta femme, tes enfants ? — Non, seul. — Mais alors, tu me les ramèneras un autre jour, hein ? — Oui, c'est promis. »

Je lui ai proposé de l'emmener au restaurant, au bout de notre jardin, près de l'ancien terrain de boules, sur la *promenade* ombragée et demi-circulaire. « C'est hors de question, je te fais à manger chez moi. Peut-être de la purée de carottes », ajouta-t-elle en riant aux éclats. Il fallait seulement que ce fût un mardi. Les autres jours, elle s'occupe en effet de vieux voisins qui se meurent lentement dans une maison de retraite. Elle ne sait pas vivre sans aider, soutenir, épauler, nourrir. Elle a le don de donner. Je me rappelle les innombrables bocaux de fruits et de légumes dont elle nous chargeait, Anne-Marie et moi, en fin de week-end, comme si nous repartions pour une ville frappée par la disette.

Il faisait beau et chaud, ce mardi-là. J'ai quitté Paris sans me presser. Mon cœur battait un peu plus vite que d'habitude. Seule l'autoroute, qui allait maintenant jusqu'à Montereau, me signifiait que les années avaient filé et que j'avais été trop négligent. Large, plate et droite, elle traversait des champs de blé et de maïs à perte de vue, d'où montait une fine brume de poussière blonde, au milieu de laquelle dormaient de grosses fermes sans fenêtres, tapies sur elles-mêmes en fer à cheval. Je savais que, en la suivant, j'arriverais à Bray par le haut, par la route de Bazoches, à l'exact opposé de celle que nous empruntions autrefois, et qui nous faisait entrer dans le bourg par le pont qui enjambe la Seine. C'était au terme d'un long voyage qui nous avait fait sortir de Paris par Créteil, rouler jusqu'à Brie-Comte-Robert et Nangis, enfin Donnemarie. Je revenais donc à Bray pour aller retrouver notre nounou sans passer par l'endroit, bordé de peupliers, où tu as été renversé. La modernité m'épargnait ; la dame du GPS était attentionnée.

Des hauts de Mousseaux, j'ai aperçu notre maison. Un gros cube blanc, que le soleil rendait plus blanc encore, à l'angle de la nationale et de la petite rue de l'Étang-Broda. Les volets et le portail en bois étaient fermés. Mon passé était invisible. Notre enfance se cachait derrière de hauts murs. Je me suis garé un peu plus loin dans la rue et j'ai sonné à sa porte comme on le faisait il y a si longtemps, avec une ribambelle de cousines et cousins, afin d'obtenir, en échange d'un dessin, d'un poème, ou d'un colifichet, une piécette avec laquelle on achèterait des bonbons à l'unité chez l'épicière qui les exposait en devanture, dans de grands bocaux en verre. On s'est embrassés. C'était aussi naturel que si l'on ne s'était jamais quittés. Colette m'a fait visiter son potager tout en longueur, aux rangs impeccables, la petite serre et le poulailler, sur lequel règnent deux grosses oies — « c'est pour Noël ». Depuis la mort de son mari, Raoul Martineau, tombé l'an dernier d'une échelle alors qu'il posait des lattes en bois sur les murs de la salle à manger, un jeune homme vient, chaque semaine, biner la terre et cultiver les légumes. Colette vit seule, désormais, dans cette maison où elle est née, en 1938, et où elle dort dans le lit immense de mon arrière-grand-père maternel, Eugène Penancier, que ma mère et ses deux sœurs lui ont offert. Elle ne va plus, l'été, dans la petite maison donnant sur la mer, en Vendée, que Raoul avait restaurée afin d'y finir ses jours et où sa présence est encore si forte qu'elle ne veut pas risquer, par la sienne, de la brusquer. Elle est braytoise pour toujours.

« Tu sais, me dit-elle en déposant dans mon assiette un énorme morceau de viande, j'ai connu M. Penancier, le père de ta grand-mère, mais aussi M. Launay, le père de ton grand-père. C'est moi qui allais, le matin, leur acheter le journal en ville. Je faisais partie de ce qu'on appelait les "gens de maison". Il y en avait beaucoup chez vous : Louise et Jules, Mme Roger, Berthe, moi... Tout le monde, ou presque, habitait la rue de l'Étang-Broda. On s'affairait aux cuisines, dans les chambres, au jardin. J'ai grandi avec ta mère, Françoise, comme avec une grande sœur. Alors, le jour de 1956 où elle m'a demandé de venir l'aider à Paris pour s'occuper de ses deux petits jumeaux, je n'ai pas hésité un instant. Je suis restée près de vous jusqu'à mon mariage avec Raoul, en avril 1962. »

Colette se lève pour aller chercher un album

de photos. Elle en retire une, qu'elle m'offre. Entourée de sa famille, elle est en robe blanche sur les marches de l'église Saint-Étienne-du-Mont qui jouxte le Panthéon. Elle tient par le bras Raoul. Il est plus petit qu'elle, c'est mignon. De son doigt, elle me montre un homme cravaté qui, dans un coin, vient d'assister à la cérémonie. « Tu le reconnais ? » Oui, bien sûr, c'est mon père. « Avec Raoul, qui avait un travail à Paris, on lui avait demandé si l'on pouvait vivre ensemble, au sixième étage de votre immeuble, et comme ça, j'aurais continué à être votre nounou, mais il a refusé, je ne sais pas pourquoi. Je suis donc partie, la mort dans l'âme. Un mois plus tard, la voiture a renversé Olivier. Ce fut affreux. Après, je ne t'ai revu que pendant les vacances, quand tu venais à Bray. J'ai une image en tête très précise de toi, quelques mois après l'accident. Tu joues avec ta pelle et ton seau sur le tas de sable. Tu es tout seul. Je n'avais jamais vu une telle gravité, une telle tristesse, un tel désarroi sur le visage d'un enfant. Même quand tu traversais la rue pour revenir voir les poules à la maison, tu n'étais plus le même. Quel malheur, mais quel malheur... »

En quittant Colette dans l'après-midi, je suis allé me promener dans Bray. Je me suis arrêté au bout du jardin ensoleillé. Par les grilles vertes, mangées par le lierre, j'ai suivi du regard les allées gravillonnées qui serpentent au milieu des pelouses jusqu'à la maison comme si je remontais le temps à pied et à reculons. J'ai reconnu les bouleaux et les gros acacias, le mas en métal vert du pas-de-géant, les portiques rouillés, le tas de sable, les parterres de fleurs en demi-lune, les modestes futaies qui nous semblaient des forêts, la terrasse donnant sur la nationale sous laquelle il y avait une cave obscure, humide et inquiétante. J'ai deviné, sans les voir, les vieux communs aux greniers poussiéreux, les écuries aux stalles vides, la courette coiffée d'un noyer à laquelle on accédait en passant sous un porche. Le temps d'un mirage, d'un rêve très doux, tout le jardin s'est peuplé. Nos parents heureux étaient accroupis dans l'herbe, chacun tenant un jumeau dans ses bras : lequel dans le giron de sa mère, lequel dans celui de son père, je n'en sais rien, cela n'a pas d'importance. Notre arrière-grand-père Launay, avec son profil à fleur de coin, sommeillait dans un fauteuil d'osier. Mam épluchait méthodiquement une brassée de haricots verts et tournait vers moi son beau regard tendre, comme si elle s'adressait à un catéchumène. Elle caressait aussi le crâne chauve de Pam, qui feignait d'être exaspéré par ces fréquentes marques d'affection — « Arrête, Madeleine ! » —, et lui promettait sans cesse qu'elle ne lui survivrait pas. (Elle tint parole : deux jours après la mort de son mari, notre grand-mère s'endormit très calmement pour toujours ; leurs deux cercueils ont été placés côte à côte, dans la nef de Saint-Séverin.) Des bébés se chamaillaient dans des parcs, des enfants jouaient à la balançoire, d'autres encore cueillaient, selon la saison, du muguet, des noisettes ou les œufs de Pâques. Un oncle plantait sur le gravier, avec une rigueur de géomètre, les arceaux du croquet et distribuait les maillets multicolores qui semblaient avoir été peints au siècle précédent. Un adolescent sortait du garage l'énorme vélocipède aux roues cerclées de fer sur lequel, dit la légende, Eugène Penancier roulait jusqu'à Provins. Ma mère et ses deux sœurs mettaient la même robe à fleurs et se tenaient par la main en riant. Mon père, dans un transat placé avec précaution à l'écart du bruit, lisait *Le Monde* ou un manuscrit avec ses lunettes d'écaille sur lesquelles il avait glissé des verres fumés. Des enfants préparaient les lampions pour le défilé du 14 Juillet, qui aurait lieu à Bray ou à Bazoches. La petite cohorte familiale se formait pour aller, le dimanche, à l'église : après la messe, elle ferait un détour par la boulangerie, où était réservé l'inéluctable saint-honoré qui mêlait le craquant des choux caramélisés au moelleux aérien de la crème fouettée. À l'instant du café arrivait, dans sa soutane noire, M. le curé, qui se rendait chez ses riches comme il visitait ses pauvres, pour vérifier l'étendue de son empire communal. Devant la cuisine, M. Roger sortait sa trompette de pompier. Il jouait des airs martiaux, mais j'entendais du Haendel, qui claironnait à travers les frondaisons embaumantes sous lesquelles deux jumeaux complotaient. Souriante et vertueuse bourgeoisie, soudée par le bonheur tranquille et plus encore par des malheurs dont on ne parlait pas.

J'ai porté un dernier regard sur ce jardin clos auquel la lumière de l'après-midi donnait les couleurs chaudes, silencieuses et paisibles d'un tableau de Vuillard, où l'on se protège du soleil sous les ombrelles et où des messieurs en canotier jouent aux dames. Après tout, le Relais de Villeneuve-sur-Yonne, dans le parc duquel un couple prend l'air et feuillette *L'Illustration,* n'est pas loin de Bray et il ressemble à notre maison de famille, dont je sais qu'elle a conservé son lourd et sombre mobilier des années mil neuf cent. À mon ami Éric Holder, les toiles de Vuillard avaient inspiré autrefois un recueil de nouvelles où passait, les soirs d'été, un peu de ce bonheur enfui qui ne reviendra jamais. Il y parlait, je m'en souviens, des « rides des femmes qui ont aimé rire ». Son livre s'appelait *Jours en douce.* J'aimerais tellement pouvoir les fixer sur le papier.

J'ai marché ensuite vers la halle, salué dans sa librairie de la Grande Rue Luc Caboussin, le fils de Léonce chez qui nous allions autrefois acheter nos livres et nos journaux, poussé jusqu'aux rives de la Seine, où j'ai caressé mes premiers peupliers et embarqué, en pensée, sur les longues péniches noires, dont les ventres fascinants étaient remplis de grain et de betteraves. Plus loin, l'écluse, dont je passais des heures à observer la lente machinerie hydraulique, gouvernait un canal qui menait au pays où l'on n'arrive jamais et sur le chemin duquel je pédalais, je pédalais, à y perdre mon souffle, fuyant je ne sais quoi, courant après je ne sais qui, et rentrant, à la nuit tombée, guidé par les odeurs âcres et puissantes de la sucrerie.

Je suis arrivé ce matin par les hauts de Mousseaux ; je repars par la route des sablières, de Donnemarie et de l'accident. Je roule lentement. Aujourd'hui, je n'ai plus d'âge. Il fait si chaud, si froid.

À mesure que je vieillis, je me sens gagné par un sentiment croissant d'incomplétude, une manière de boiterie, invisible mais récurrente.

À vingt ans, pressé de vivre, je m'imaginais invincible et indivisible. Tu ne me manquais guère, trop occupé que j'étais à me préférer. J'allais de l'avant pour échapper à ce qui, sans être jamais nommé, s'apparentait sinon à une malédiction, du moins à un sort qui eût frappé les miens.

On ne voulait pas, en effet, que ta mort et celle de notre père fussent seulement accidentelles ; que, réparties équitablement dans une famille autrefois triomphante, les mystérieuses maladies des uns ou les difficultés des autres à affronter la réalité fussent le fruit du hasard. À en croire ceux qui habitaient la grande et pieuse maison de Bray, dont chaque chambre s'ornait d'un crucifix, tout était écrit, il était vain de s'opposer à la fatalité, l'ici-bas se soumettait au Très-Haut et les cloches de l'abbatiale rythmaient, en profondeur, l'existence quotidienne des croyants, dont les actions de grâces valaient autant pour les bonheurs éphémères que pour les drames éternels.

Cette loi tacite, je ne l'ai jamais acceptée. Mon éloignement, qui n'était pas du désamour mais de la précaution d'usage, fut l'expression de ma révolte. Grâce à Anne-Marie, mon autre religion, j'ai exploré de nouveaux paysages, inventé mon propre territoire, construit ma famille, choisi une chaumière dans un lieu qui ne devait rien au passé. Je n'ai pas hérité, cela m'a sauvé.

Mais le temps, qui est un faux ami, s'est chargé de me rattraper. Je n'ai plus vingt ans. Le passé auquel je croyais avoir tourné le dos se rappelle de plus en plus à mon bon souvenir. Les gènes me poursuivent. Quelques méchants chromosomes me narguent. Et il me semble parfois avancer moins vers mon avenir que vers mes origines. Moi qui me croyais entier, je me découvre aujourd'hui incomplet.

Je me souviens de la théorie avancée par Tiffauges dans *Le Roi des Aulnes*, selon laquelle l'enfant serait formé de deux moitiés conçues sur le même modèle, la gauche tournée vers le passé et l'émotion, la droite orientée vers le futur et l'action. Ces deux moitiés, longtemps j'ai cru pouvoir les réunir, les porter seul sur mes épaules, et combler ainsi le vide que tu avais laissé en moi. Désormais, je vois bien que la balance pèse d'un côté, celui de l'attirance coupable, renforcée chez moi par une écriture du regret, pour tout ce qui a disparu et ne reviendra jamais. J'aimerais tant voir loin devant, savoir me projeter dans un monde neuf, mais j'ai beau me raisonner, je n'y parviens pas. Je suis définitivement rétif à la science-fiction, indifférent à la futurologie, et sourd aux pythies. Plus le temps passe, plus l'obsessionnelle démarche de Marcel Proust me bouleverse, et plus les folles anticipations de Jules Verne me paraissent inutiles, futiles, gratuites. Et je ne peux m'empêcher de penser que ton absence est aussi celle de ma moitié manquante, qui construirait des châteaux en Espagne, agirait davantage et penserait moins, ignorerait la sédentarité et son confort, arpenterait le monde, prendrait des risques, croirait à des lendemains meilleurs, et ne serait jamais empêchée, dans son entrain, sa précipitation, sa course de sprinter fendant l'air, par le terrible frein de la mélancolie.

Si tu vivais encore, Olivier, peut-être me gronderais-tu, me malmènerais-tu, me forcerais-tu à sortir de mon cocon, me reprocherais-tu cette émotion excessive qui me saisit lorsque j'ouvre un vieil album de photos, mon goût grammatical pour l'imparfait, les passés simple et composé. Tu raillerais ma sensiblerie, je me moquerais de ton amnésie.

Dans le couple que, depuis plus de trente ans, nous formons, Anne-Marie et moi, c'est elle qui incarne la force vitale, la rage d'inventer, la liberté. Elle est ma jumelle positive. Dieu sait pourtant qu'elle aurait des raisons d'être entraînée vers une histoire ancienne dont, chaque jour, le cinéma, les livres, les journaux, les anniversaires publics lui rappellent l'étincelante gloire. Et pourtant, elle ne cède jamais à la nostalgie ; elle sait qu'on souffre, s'abîme et se perd à vouloir la cultiver. Elle n'aime pas l'odeur âcre des vieux papiers, le moisi des maisons conservées dans leur jus, les vêtements qu'on garde dans la naphtaline alors qu'on n'y entre plus sauf à les faire exploser comme Romain Gary engoncé dans son blouson d'aviateur le jour des obsèques du général de Gaulle, les meubles démodés, les jardins à l'abandon où poussent des herbes folles et des orties — il lui faut tondre, planter pour les générations futures, dessiner des paysages dont elle sait, et la perspective ajoute à sa fièvre ordonnatrice, qu'elle ne verra jamais le merveilleux accomplissement.

Lorsque nous nous sommes rencontrés pour la première fois, nous avions le même passif, nous marchions côte à côte sur les traces toutes fraîches de nos pères tombés, les yeux ouverts, dans la fleur de l'âge. Elle avait choisi, en devenant actrice, de prolonger le sien. J'avais choisi, en vivant parmi les livres, d'entretenir la mémoire du mien. Depuis, je n'en finis pas d'admirer sa faculté de métamorphose et sa résistance juvénile à l'invasion des souvenirs. Sans elle, je marcherais en arrière. Au risque de me rompre le cou dans un puits sans fond.

Sous le beau et parfois cruel soleil du Sud, dans l'épaisse forêt de La Garde-Freinet crissante de cigales, je relis *Les Météores*, de Michel Tournier. Je l'avais feuilleté autrefois, et vite refermé. C'est un livre qui parlait trop de moi, de nous. J'avais l'impression désagréable, un peu gênante, qu'un intrus nous auscultait sous une loupe, observait notre gémellité à la jumelle. Je me méfiais des idées arrêtées qu'il véhiculait, des diagnostics définitifs qu'il assenait. Je le jugeais trop brutal. Peut-être aussi trop clairvoyant.

C'était l'époque, il est vrai, où j'allais parfois rendre visite à son auteur, dans son presbytère de Choisel, niché au cœur de la vallée de Chevreuse, où il me servait de l'eau du robinet dans des verres à moutarde. Ni l'homme, aussi maigre et sec qu'un aumônier scout en randonnée, ni son œuvre, essentiellement mythologique, ne me séduisaient vraiment. Théoricien aux démonstrations sourcilleuses, restaurateur habile de légendes, érudit implacable, orateur à l'éloquence métallique, l'ancien philosophe préférait, il est vrai, convaincre que plaire. Il ne donnait pas assez à la phrase, selon moi, il voulait un style qui eût le ventre plat, tendu, élastique, et j'aimais au contraire les proses généreuses, aux métaphores abricotées et aux digressions vagabondes. Et puis il avait tendance à observer le monde comme, dans son studio de photo situé sous les combles, il faisait défiler, devant une grosse chambre 4 × 5 inches sur pied, les jeunes lecteurs de *Vendredi*. Mais j'étais curieux de sa vibrionnante intelligence ; de son obstinée solitude ; de son célibat d'oblat ; de ses goûts étranges pour les épinards aux rillettes, les haltères, la frisette de pin, Gilles de Rais et les hérissons ; de sa bibliothèque, placée pour la littérature sous l'égide de Gustave Flaubert, dévolue pour la philosophie à Emmanuel Kant et à quelques penseurs germaniques, et riche de nombreux ouvrages scientifiques, dont il faisait son miel crémeux.

Un jour où, sans évidemment lui parler de toi, je l'avais interrogé sur la récurrence, chez lui, du thème des jumeaux, esquissé dans *Vendredi* et *Le Roi des Aulnes*, glorifié dans *Les Météores*, il avait extrait d'un lourd rayonnage la somme de René Zazzo, parue en 1960 : *Les Jumeaux, le couple et la personne*. L'ouvrage au dos cassé était tout chiffonné, malmené, annoté, travaillé. Tournier se flattait de l'avoir beaucoup pillé et sans cesse détourné afin d'écrire *Les Météores*. « J'y ai trouvé, me disait-il, cette idée à la fois fondamentale et paradoxale : semblables du point de vue héréditaire, les jumeaux sont différents du point de vue psychologique. Et plus ils grandissent, plus ils sont complémentaires, mieux ils s'opposent et parfois se livrent une guerre sans merci. Avez-vous remarqué que certaines grandes villes ont exigé, dans leur fondation, un sacrifice fratricide ? Meurtrier d'Abel, Caïn bâtit la première cité de l'histoire humaine, Romulus crée Rome après avoir tué Rémus, Amphion invente Thèbes en écrasant Zéthos sous des blocs de pierre, là même où vont s'entr'égorger Étéocle et Polynice. Que des jumeaux... Ce n'est pas un hasard si les miens se trouvent des deux côtés, Est et Ouest, de Berlin. »

Dans le roman, Jean et Paul sont si unis, si identiques, qu'on les confond et les appelle Jean-Paul. Avant de naître, ils ont été placés « tête-bêche dans la position ovoïde qui fut celle du fœtus double ». Dès qu'ils ont l'âge de parler, c'est dans ce langage primitif, éolien, qui leur est propre, où le silence tient une place capitale, et où l'on peut « entendre à volonté des mots, des plaintes, des rires ou de simples signaux ». Ainsi, tous les fruits s'appellent « paiseilles », tout ce qui flotte est désigné par le mot « bachon », tous les poissons et crustacés deviennent des « cravouettes ». À deux, ils forment une tribu à part, obéissant à d'autres lois que celles des hommes ordinaires. Indissociables, ils respirent en marge du monde réel. Mais le couple fusionnel finit par se séparer. Jean, qui se sent à l'étroit dans la cellule gémellaire, qui y voit même une manière de « monstruosité », qui a le sentiment d'y étouffer, décide d'en sortir, de respirer l'air du dehors, de rencontrer des « sans-pareil », et choisit de se fiancer. Paul, gardien farouche de la pureté originelle des « frères-pareils », jamais guéri du « coup de hache qui nous a séparés, l'horrible amputation dont j'ai cherché la guérison de par le monde », ne supporte pas ce qu'il considère comme une suprême infidélité et fait échouer le projet de mariage. Il entreprend alors un tour du monde pour retrouver son jumeau qui lui a manqué, et qui l'a fui. Jusqu'à Berlin, ville coupée en deux à la manière d'une cellule gémellaire brisée, il poursuit une enfance qu'il a élevée à la hauteur d'un « absolu », d'un « infini ». Et il se lamente : « Ô Jean, mon frère-pareil, quand cesseras-tu de glisser sous mes pas des sables mouvants, de dresser des mirages devant mes yeux ? »

Car, peu à peu, ils se différencient. Paul est attiré par la marée haute, Jean par la marée basse. Paul se plaît avec les ourdisseuses, Jean cherche la compagnie des cardeuses. Paul croit à la mathématique des astres, Jean lui préfère le ciel brouillé des météores. Paul est un sédentaire maniaque, l'œil fixé sur l'horloge, Jean figure au contraire un nomade capricieux, l'œil rivé sur le baromètre. Paul n'en finit pas de régresser, Jean ne laisse pas de grandir. Les deux souffrent, mais pour des raisons opposées.

Je ne cesse, en me promenant dans ce roman un peu trop bavard, de me demander qui de nous deux, si tu avais vécu, serait Paul et qui, Jean. Qui Phileas Fogg et qui, Passepartout. Qui le conservateur des origines et qui, le voyageur sans retour. Mais peut-être aurions-nous réussi à contrarier la thèse de Michel Tournier et nous serions-nous ressemblés sans vouloir nous opposer. Tu aurais applaudi mon mariage, j'aurais béni le tien. Nos enfants auraient grandi ensemble. Et, à quatre mains, nous aurions écrit, la cinquantaine passée, un roman qui eût été l'anti-*Météores*, un éloge de la gémellité accomplie.

Une phrase de Michel Tournier, toutefois, me taraude : « La taille, le poids, la longévité et même les chances de réussite dans la vie sont plus élevés chez les singuliers que chez les gémellaires. » Je la lis et la relis. Elle me fait mal. Suis-je en effet devenu, depuis ta mort, un singulier, ou est-ce que je continue d'être, sans toi, un gémellaire ? M'as-tu, en disparaissant si tôt, permis de vivre plus, de réussir mieux ? Est-ce que je ne dois pas finalement à mes morts, toi, mais aussi notre père, d'avoir gagné en force dès l'adolescence, de m'être aguerri, de n'avoir jamais été empêché dans mon effort pour exister, et d'avoir trouvé, pour m'accompagner, deux anges gardiens ? Est-ce que je ne suis pas votre débiteur ?

Ne devrais-je pas, plutôt que vous pleurer, vous rendre grâce ?

La première fois que j'avais lu *Les Météores*, je m'étais arrêté sur cette phrase de Paul, au chapitre six : « Je suis notre histoire heure par heure, et je cherche, cherche, et je dresse l'inventaire de tout ce qui t'est advenu, mon frère-pareil... » Je crois me souvenir que je n'étais pas allé plus loin. J'avais eu tort. Aujourd'hui, je cherche, cherche et, même si je ne trouve pas, je m'obstine encore à chercher.

Pur et insaisissable moment de bonheur. La nuit est tombée, éclairée par une lune ronde et rousse. En face de la maison, le sommet de la colline plantée de chênes-lièges, de châtaigniers et de pins parasols, est coiffé au loin par la lumière du château de Grimaud, qui domine la baie. J'ai rejoint mes deux grands fils, Gabriel, le jongleur de chiffres, et Clément, le jongleur de notes, allongés côte à côte sur des chaises longues, le visage tourné vers le ciel, dans un parfum de basilic tiédi. Pendant une heure, nous guettons tous les trois des étoiles filantes. Elles tardent à venir. On parle, on rit, on soupire. Avec un mélange de fierté et de tendresse, j'observe leurs fins profils, j'écoute leur complicité. Ils sont beaux, forts et rassurants. Cinq années les séparent, et pourtant, dans la demi-obscurité, ils ressemblent à deux jumeaux : même timbre de voix, même physique moral, même loyauté, même pudeur dans l'affection, même attachement aux souvenirs, qu'ils échangent devant moi comme des balles de ping-pong. Je voudrais que cette nuit à ciel ouvert n'en finisse jamais.

Il a tellement maigri que soudain il paraît encore plus grand. Il ne se nourrit plus que de légumes et de fruits. Ce matin, au petit déjeuner, il s'est fait une ventrée de prunes du jardin trempées par la pluie de la nuit, qu'il arrose de thé brûlant. Son régime est d'un sportif et d'un cénobite. Il y a quelques années, il avait arrêté de fumer ; désormais, il prohibe, de son alimentation quotidienne, l'alcool, les féculents, les sucreries. Il bannit le gras, le lourd, l'encombrant passé et il a même rasé son crâne équin. Il s'ascétise, se japonise. On dirait qu'il croît vers le ciel, longiligne et gracile, comme une plante épiphyte. Il combat son double en lui, qui aimait tant les excès, l'abondance, la furibonderie, les grimaces et festoyer en public, sous des lustres baroques.

Comme chaque 15 août, Clément, alias Martex, alias Bartabas, est venu, avec Laure, passer trois jours à la maison. Ce sont, répète-t-il, ses seules vacances. Le pays d'Auge a l'avantage de rassembler ses passions, depuis les courses de plat à l'hippodrome de La Touques jusqu'aux ventes de yearlings dans la salle Élie de Brignac, où il assiste, en spectateur, à l'incessant et avantageux ballet des futurs cracks. Profitant d'un rayon de soleil, on part rendre visite à ses trois, jolis et prometteurs poulains, qui gambadent dans les prés immenses du haras de Victot-Pontfol, à l'ombre du château seigneurial coiffé de tuiles vernissées en écailles, avant d'aller saluer Danseur, qui passage avec Anne-Marie dans le manège du Brévedent sous l'œil du maître.

Dans la voiture qui musarde le long des chemins creux, il me fait écouter, sur un CD, son enregistrement des *Chants de Maldoror*. C'est le cinéaste Alain Cavalier qui lui a fait découvrir Lautréamont. Il est subjugué par ce texte sauvage dédié au règne animal, peuplé de requins, d'aigles, d'araignées, de poulpes, de suies, de vipères et de crapauds. Il a dévoré et parfois détourné ce monologue halluciné, remplaçant par exemple dans une page le mot « lampe » par le mot « cheval », pour en faire la bande-son du *Centaure et l'animal*, qu'il s'apprête à jouer à Toulouse, au Havre et enfin au Théâtre de Chaillot. Ses partenaires seront à la fois ses chevaux de tête — Horizonte, Soutine, Le Tintoret, Pollock — et un grand danseur de butô, le Japonais Ko Murobushi.

C'est pour ce spectacle que, depuis des mois,

Bartabas s'affine et s'assouplit. Il s'exerce à sortir de son corps pour disparaître entièrement dans celui du cheval comme si, avec une secrète obstination, il voulait cesser d'être un humain. Il travaille à sa propre métamorphose, à l'oubli de soi. « Mon maître, avait-il dit un jour, c'est lui, le cheval. Je ne suis que son valet, ses tissus sont ma raison de vivre ; il est la flamme qui me dévore. Sans lui, je meurs. J'ai déposé mon âme entre ses membres. »

Pendant vingt-cinq ans, Clément Marty a œuvré à la gloire de Bartabas, et voici que Bartabas s'éclipse pour rejoindre le monde animal, et s'y perdre. Une si longue geste pour parvenir à la transparence. J'observe mon ami avec une fascination un peu inquiète. Je regarde mon frère spirituel se gémelliser, mon double imaginaire se dédoubler. Peut-il encore maigrir davantage et se réincarner encore plus en cheval ? Où s'arrêtera sa tentative de métempsycose ?

Heureusement, son rire et ses colères d'enfant me rappellent, aujourd'hui, qu'il est toujours parmi nous.

Mais pourquoi les années qui ont suivi ta mort et qui ont précédé l'adolescence me semblent-elles à ce point impénétrables ? D'où vient que, malgré mes efforts pour la faire travailler, ma mémoire est si pingre lorsque j'essaie de me représenter le garçon que j'ai été entre six et douze ans ? Il y a là une force obscure qui me résiste et dont je ne m'explique pas l'origine. C'est comme si une part de moi avait disparu dans l'accident et que j'avais erré, fantomatique, à peine réveillé d'un cauchemar, incertain de moi-même, avant de recouvrer ma véritable identité.

Les images que je tente aujourd'hui de mettre bout à bout ne forment pas un film, on dirait plutôt des chutes de rushs que je ramasse dans la corbeille du passé sans comprendre comment elles s'agencent, se répondent, s'argumentent. Ce sont des morceaux d'enfance, les plans volés d'un métrage long et flou.

Je me souviens à peine du jumeau épargné,

étonné, qu'on envoya aussitôt à Sens, chez sa tante et son oncle, pendant que tu étais plongé dans le coma, et qui guettait, au courrier, les cartes postales faussement rassurantes de ses parents, dont jamais la détresse et l'angoisse de l'interminable veille ne passaient, ne s'avouaient entre les lignes. On m'avait provisoirement inscrit dans l'école de cette ville de province ; sans doute y avais-je été accueilli par compassion, avec gentillesse. Mais rien d'autre ne remonte à la surface de ma mémoire. Rien, sinon les week-ends et les vacances où nous quittions les bords de l'Yonne pour les champs du Berry dans la DS de mon oncle, médecin généraliste qui sacrifiait chez son frère agriculteur à sa passion pour la chasse. Je marchais des heures dans ses pas, une gibecière sous le bras, pour ramasser les oiseaux morts. J'étais un petit survivant aux aguets, qui voyait tomber du ciel des innocents criblés de balles et, devant la fierté du bon fusil, dissimulait un désarroi informulé. Chaque fois que je trouve aujourd'hui, dans les chemins creux, des cartouches hors d'usage, c'est à cette époque que je pense, à l'odeur âcre de la poudre, aux corps tièdes et doux des perdrix ou des cailles dont j'étais le porteur, et à ce pouvoir qu'ont les hommes — j'en faisais l'apprentissage au même moment — de donner la mort aux insoucieux, aux joyeux, aux purs, en roulant trop vite sur la route et en visant les frôleurs de nuages.

Quelques étés des années suivantes surgissent

du lointain dans une brume de chaleur, mais les images sont si imprécises que j'en ai un peu honte. J'envie les écrivains qui n'ont rien oublié, qui se promènent dans leur enfance comme dans un jardin à la française, bien ordonné et très coloré, où tout est à sa place, désigné, étiqueté, expliqué, archivé. Le mien est un terrain vague sur lequel sont plantées des tentes scoutes. Car j'ai été louveteau. Je me souviens avoir construit des radeaux pour descendre des cours d'eau, édifié une balustrade en pierre autour d'un presbytère en Dordogne, fait à pied le pèlerinage de Chartres, chanté « Akela, nous ferons de notre mieux, mieux mieux mieux » autour des feux de bois, découvert le plaisir de commander lorsqu'une cheftaine me remit les barrettes jaune citron de sizenier que ma mère cousit sur la manche de mon pull bleu marine. Je me souviens aussi des odeurs : celles de l'herbe tassée après qu'on a retiré le tapis de sol en plastique, des assiettes et des gourdes en métal, du lait concentré Nestlé, de la laine mouillée, mais quoi, cela ne suffit guère à combler ma fuyante et indocile mémoire. Je me souviens surtout de ma solitude, rendue plus profonde encore par la collectivité dont je faisais partie, par les lois de la camaraderie, par l'obligation d'être joyeux et de ne jamais rien dire à quiconque de ton absence en moi. Mais que ce soit dans les classes de l'école communale ou dans les meutes scoutes, j'appelle des visages qui ne viennent pas, des noms qui me résistent, des copains fantomatiques. C'est comme si, toi parti, j'avais à peine existé et que je m'étais promené dans la vie sans m'y accrocher, hésitant entre deux mondes, celui où tu évoluais, plus léger que l'air, et celui où je demeurais, alourdi par une peine sans nom.

Avais-je sept ans, ou huit, je ne sais plus, mais je me rappelle avoir fait, à Bray, un cauchemar qui m'avait réveillé brutalement. Je m'imaginais déjà mort, et enterré dans un autre cimetière que celui où tu reposes. Or, au catéchisme, j'avais appris, comme une évidence, que nous sommes tous destinés à ressusciter. Je me voyais m'extraire du tombeau en compagnie des autres morts et marcher en plein soleil, dans une cohue indescriptible, pour tenter de retrouver le cimetière d'où, toi aussi, tu serais sorti vivant. Mais j'étais trop petit et tu étais trop loin. Comment les morts que leur famille n'a pas couchés ensemble et les jumeaux qu'on a séparés peuvent-ils se rejoindre, le jour de la résurrection ? Cette question, dans la nuit, m'affolait, m'angoissait. Je criai. Ma mère accourut. Je lui racontai l'objet de mon effroi. Elle m'expliqua que Dieu avait tout prévu. Même dispersés dans les tombeaux, ceux qui s'aiment ne se perdent jamais, ils se retrouvent toujours. Je m'endormis rasséréné.

Courbée et précautionneuse, maman recommençait enfin à marcher, guettant l'instant où elle retrouverait l'usage de ses jambes avec lesquelles, il y a un an, elle courait encore les églises, les musées, les boutiques, les cimetières, les concerts et les lectures de son cher Michael Lonsdale. À peine était-elle arrivée à Noirmoutier, où elle aimait tant nager et dont elle peignait si bien la longue terre plate intimidée par de grands ciels pressés, qu'elle a fait une violente chute sur le dos. À l'hôpital de Challans, les radios n'ont rien montré, ni déplacement ni fracture, mais elle souffre beaucoup, couchée le plus souvent sur un lit médicalisé, assise sous les pins dans le jardin et s'obligeant à faire, arquée sur deux béquilles, à tout petits pas, des pas craintifs, interrogatifs, le tour de la maison blanche aux volets bleu clair.

Je suis allé, en voiture, la chercher il y a deux jours pour la ramener à Paris, via la Normandie. Le soleil se couchait lorsque, la marée étant trop haute pour prendre le Gois, j'ai emprunté le pont qui relie le continent à l'île et au sommet duquel j'ai ouvert grand la fenêtre pour respirer le puissant air iodé, ce parfum salé que je reconnaîtrais entre mille, plein d'algues et de moules. Il réveilla aussitôt de lointains et entremêlés souvenirs de jeunesse. Ils se bousculaient à mesure que je m'approchais de La Guérinière et du bois des Éloux. Je revis soudain mes étés de khâgneux, avec Emmanuel Faye, Jean-Philippe Antoine, Marie-Hélène Maysounave quand, au fond de nos chaises longues, nous étions tous plongés dans la lecture du *Nietzsche* de Heidegger, dont nous commentions à haute voix, et avec lyrisme, les phrases les plus clairvoyantes. Je me rappelai mes visites à la si charmeuse et fitzgéraldienne tribu des Nora, tous de blanc vêtus, dans leur maison du bois de la Chaize sur laquelle veillait, sentinelle d'un temps lointain, le vieux général Georges-Picot et où, un soir, s'étonnant que je connusse le stendhalien Jean Prévost, Simon me confia que, dans le Vercors, il s'était battu jusqu'au bout aux côtés du capitaine Goderville, dont il avait été l'ultime confident au fond obscur de la grotte des Fées. Je me remémorai aussi ma première rencontre avec Lucette Destouches, qui passait alors ses vacances chez son ami, le biographe de Céline et avocat François Gibault. J'avais recueilli sous un parasol, pour *Les Nouvelles littéraires*, leurs propos croisés de complices. « Céline était très secret, il avait horreur qu'on s'occupe de lui et qu'on entre dans son intimité, m'avait dit sa veuve, je le regardais mais il ne s'expliquait jamais, il fallait sans cesse le deviner. En fait, il était invivable, angoissé, révolté, c'était un perpétuel Niagara, il ne pensait jamais à lui, mais toujours aux autres, dont il avait pitié, mais ça, personne ne l'a compris. » Elle m'avait touché et avait réussi à me faire réviser le jugement sans appel que, empêtré dans un manichéisme d'adolescent, je portais alors sur lui. J'avais dix-huit ans, et j'étais bien sérieux. Même sur cette île que tu n'avais pourtant pas connue, aussi éloignée de Saint-Laurent-sur-Mer que de Bray-sur-Seine, au milieu d'amis auxquels je me gardais bien de parler de toi, tu m'escortais et me manquais. Il m'arrivait d'aller seul sur la dune pour converser avec toi, mon si présent absent.

Sur un Solex dont les sacoches étaient remplies de romans, d'essais, de poèmes, de revues et de journaux, je promenais dans l'île, peuplée de familles au complet, de dynasties entières, de fratries triomphantes, une gravité que le soleil d'août rendait, j'imagine, un peu ridicule. Sur la plage de Luzéronde et à la pointe du Devin, je continuais à souligner et annoter des livres où je guettais des réponses aux questions qui ne me laissaient jamais en paix. Orphelin de père, jumeau sans jumeau, cherchant dans les marais ventés à combler ces deux vides immenses, je me dépêchais déjà d'être un adulte. Je voulais exister. Ce n'était pas seulement de l'ambition, c'était aussi, croyais-je naïvement, une manière de prolonger un nom que deux accidents successifs avaient menacé de faire tomber dans l'oubli. Il me semblait, depuis, avoir charge d'âmes. C'est une expression vieillotte que j'aime bien.

Maman m'attendait, debout sur ses béquilles, maintenue droite par une large ceinture orthopédique. Elle cachait, sous un beau sourire, la longue fatigue des jours. Elle avait hâte de rentrer à Paris. Elle me faisait comprendre que ses souffrances avaient été comme exaspérées par l'insouciance de l'été et l'euphorie environnante des lieux de vacances. Son corps frêle voulait de l'ombre, aspirait à la tranquillité fraîche de l'appartement où elle avait toujours vécu, où ses parents avaient lentement fini de vieillir, et dont le désordre organisé des tableaux superposés, des livres empilés, des papiers étalés, du passé entassé, semblait devoir la rassurer.

Le lendemain matin, je l'ai aidée à s'asseoir sur le siège de la voiture. Et, sous un plein soleil, sans nous presser, nous avons traversé l'ouest de la France, Vendée, Pays-de-Loire, Mayenne, Orne, jusqu'au Calvados. Elle regardait les paysages avec l'œil du peintre, trouvait aux champs de blé et de maïs un souffle marin, redessinait les nuages potelés, attendrissait les collines, désignait à l'horizon des gris-vert, des marron orangé, des bleus blanchis, des blondeurs enfantines, qui n'existent que sur ses toiles. Parfois, sous l'effet des médicaments, elle s'assoupissait et je me laissais bercer par sa respiration de bébé enrhumé. Elle se réveillait dans la lumière aoûtée, s'étonnait qu'on eût parcouru tant de kilomètres, ne se plaignait jamais, préférant célébrer, hors du temps, la beauté dominicale de la France bocagère. Les heures passèrent. La voiture glissait en ronronnant. Je lui aurais bien avoué que je tentais, non sans mal, d'écrire ce texte sur toi. Je lui aurais demandé s'il lui arrivait parfois, me regardant, de t'imaginer dans la force tranquille de la maturité. Et si la foi, qu'elle avait chevillée au cœur, avait réussi à donner un sursis à la petite existence de son fils perdu qui, à l'instant de mourir, lui a serré les mains, souri, et murmuré : « Au revoir ». Mais je n'y arrivais pas. Je craignais de l'affaiblir davantage. Je ne voulais pas brusquer sa fragile convalescence. Je redevenais, malgré tout mon amour pour elle, le garçon ombrageux d'autrefois, qui avait peur des mots, parlait trop vite comme pour n'être pas compris, et s'enfermait dans sa chambre avec ses secrets, qu'il glissait à la manière des fleurs séchées entre les pages des livres et confiait aux *Fugues* de Bach, aux lamentos de Couperin. Et puis tout cela était si loin, et elle était si proche. Pourquoi faut-il qu'écrire, ce soit toujours remuer de vieilles histoires et avancer, sur des béquilles, au bord du précipice.

Je prends un soin particulier à ne plus égarer mes clefs. Cela m'était arrivé une fois, il y a quelques années. Le serrurier, bonhomme, m'avait tancé.

— Mais enfin, vous n'avez pas un double ?
— Si.
— Alors, vous l'avez perdu ?
— Oui, il y a longtemps. Je ne sais plus où il est.

Mon air rêveur l'avait surpris. C'est mon défaut, je prends tout au pied de la lettre. Il suffit qu'on me dise : « Tu mets les bouchées doubles », ou : « Ta phrase est à double sens », qu'on me demande, à l'hôtel, si je désire une « chambre double », ou qu'on me prie de bien « conserver un double » *par-devers moi* pour qu'aussitôt me revienne en mémoire l'aveu d'Ernest Renan : « Je suis double, quelquefois une partie de moi rit quand l'autre pleure. » L'important est que cela ne se voie pas, de toujours faire bonne figure.

Comment, au contraire, certaines personnes,

que je ne connais pas davantage, peuvent-elles ressentir ce que j'éprouve et deviner si bien ce que je suis en train d'écrire ? Sarah M., une lectrice férue d'équitation, m'envoie aujourd'hui un long mail un peu désemparé. Elle vient de frôler, sur une route où elle se promenait à cheval et sur laquelle une voiture roulait trop vite, l'accident fatal. Elle s'en tire avec quelques ecchymoses et des tremblements d'effroi rétrospectif. Elle se demande comment concilier désormais sa passion et cette peur qui, bien souvent, la saisit en selle. (Je traduis : le sentiment du risque, la crainte d'être désarçonnée, l'inquiétude entrent-ils dans le plaisir de monter, l'excitent-ils ?)

L'évocation de *La Chute de cheval* la conduit à me confier son drame secret. Elle était enceinte de jumeaux. À cinq mois de grossesse, elle perdit l'un de ses deux garçons. Le survivant est aujourd'hui âgé de quatre ans. Elle sent qu'il cherche son frère disparu, lequel lui a, dit-elle, donné son énergie vitale. Il a la chance d'avoir un aîné, âgé de six ans, qui ressemble tellement à son cadet qu'on les prend, chaque jour, pour des jumeaux. Les photos qu'elle m'envoie l'attestent en effet, et de manière troublante. Pas trace, sur leurs visages souriants et blonds, des deux années qui les séparent. L'aîné semble avoir attendu de vieillir pour prendre tranquillement la place du jumeau mort *in utero* ; et le cadet semble se dépêcher de grandir pour remplacer son double manquant. Dans leur malheur, dont ils ne savent rien, ils ont de la chance. La chance d'être plus frères encore.

Sarah M. doit également faire le deuil d'une fille, morte au même stade de gestation et chez qui avait été diagnostiquée une trisomie 18. « Je n'ai pas perdu ces enfants de leur *vivant*, mais cela reste une perte irrémédiable. » Et elle ajoute : « J'ai toujours peur lorsque je suis en voiture avec mes enfants et s'ils descendent un peu trop vite pour voir quelque chose de l'autre côté de la route, je pense à vous. »

J'avais en effet raconté brièvement ton accident dans *La Chute de cheval*. Trois petites pages, arrachées à un si long silence. Je ne voulais pas m'étendre. Jamais, je crois, je n'ai tant souffert en écrivant ces quelques paragraphes. Avec une brutalité inouïe, chaque mot réveillait une image et chaque ligne, un souvenir. J'avais tant attendu pour faire le récit de ce que j'avais toujours gardé pour moi. Et cela venait enfin, comme viennent d'irrépressibles larmes. C'était, je m'en souviens, à la montagne. J'avais quarante ans et des poussières. Anne-Marie était restée à Paris, où elle jouait *Lundi, 8 heures*, de Jacques Deval, au théâtre Silvia-Monfort. J'étais parti skier avec nos deux aînés, Gabriel et Jeanne. Tandis qu'ils dormaient, si doux, si tendres, dans la chambre d'à côté, j'avais commencé à rédiger le récit de ton agonie. J'entendais le léger souffle d'ange de mes enfants et, pour la première fois de ma vie, j'osais, par écrit, te dire adieu. Dans la nuit glaciale où je voyais tomber par la baie vitrée une lumineuse neige blanche, je brisais enfin mes chaînes dans un bruit intérieur de tôle froissée, de coups de freins et de hurlements sauvages. Je te faisais renaître. J'ai bien cru que je n'y arriverais jamais. Je devais forcer en même temps ma mémoire et ce texte, qui me résistaient ensemble. Dieu comme cet aveu me coûtait. Je l'avais laissé reposer, et étais allé me coucher, à côté de mes enfants, dont je serrai les petites mains chaudes sans les réveiller.

Lorsque, un peu plus tard, je relus le manuscrit avant de le remettre à mon éditrice, et même à l'heure de la correction d'épreuves, je sautai ces trois pages comme, sur une route, on évite le corps ensanglanté et désarticulé d'un animal mort.

Mes camarades d'autrefois, je ne les ai jamais revus. J'ai laissé le temps faire, dans mon dos, son invisible et inéluctable travail d'effilochage, de dissolution, de putréfaction. Il me manque le don de cultiver l'harmonie passée. Je ne crois guère à sa croissance, à son long accomplissement. D'ailleurs, j'ai plus la mémoire des pierres, des arbres, des chemins, des parfums que celle des visages d'antan. Les filles et les garçons avec qui j'étais passé d'une cour du lycée Henri-IV à l'autre, j'avais créé une revue littéraire en hypokhâgne — elle s'appelait *Voix*, il m'en reste trois ou quatre exemplaires —, j'étais parti chaque été, en cortège de voitures brinquebalantes, pour la Toscane et les hauteurs de Rome, j'avais rêvé de prolongations jusqu'aux lointains contreforts de la vie active, ont disparu. D'où vient que je n'aie pas su les retenir et que je m'en sois si facilement accommodé ? Et d'où que je sois plus fidèle aux vieilles maisons qu'à mes jeunes années ?

Mes complices d'aujourd'hui, je les dois surtout à mon métier, qui se nourrit d'affinités électives, d'ententes cordiales et d'esprit collectif. Il me semble parfois appartenir, comme mon fils Clément, à un petit orchestre de jazz manouche. On joue ensemble, on fait des bœufs, on se comprend sans partition, on s'accorde même dans les improvisations, on ne déteste pas se faire remarquer. Mais une fois le concert donné, après un dernier verre et quelques éclats de rire, on s'égaille dans la nuit, et chacun repart chez soi avec ses secrets. Les miens, je les réserve aux miens. De manière exclusive, charnelle, sanguine, égoïste.

Je me suis souvent demandé pourquoi j'avais si peu d'amis, au sens à la fois irréfutable et inexplicable où, parlant de La Boétie, l'entendait Montaigne, incapable, assurait-il, de trouver l'invisible « couture » qui joignait leurs deux âmes tellement elles s'entremêlaient et se confondaient : « Parce que c'était lui, parce que c'était moi. » Je connais bien mes défauts, qui sont fatals au culte de l'amitié : je ne me donne pas volontiers ; je ne sais pas m'abandonner ; je suis d'une susceptibilité maladive ; hors mon trou, je me caparaçonne comme un cheval de corrida, à la fois crâneur et craintif ; je joue la comédie pour cacher mon goût de la solitude ; et, craignant toujours d'être manipulé, trompé, trahi, je suis d'un naturel suspicieux. Ma famille est mon unique refuge, mon socle, ma caverne platonicienne. Quel ami voudrait de ce sauvage urbanisé, de ce diplomate rugueux sans cesse sur la réserve et trop cintré dans son habit de sortie, de ce piéton qui ne pense qu'à chausser ses bottes de sept lieues pour fuir, au galop, dans une campagne inhabitée où il ne veut pas être importuné ?

Je te pose la question parce que, évidemment, tu connais la réponse. Elle explique pourquoi — ainsi le disait Stendhal de Lucien Leuwen — je tends mes filets trop haut. Je rêve, avec naïveté, d'une osmose qui ne s'embarrasserait ni de mots ni de gestes, ne réclamerait pas de preuves, sur laquelle le temps n'aurait pas prise, devrait tout à la nature et si peu à la culture. Une osmose amniotique. Depuis ta mort, je suis en deuil de l'ami parfait, du presque double, du confident absolu, de cet autre soi-même qui fait écrire encore à Montaigne : « Ne nous réservant rien qui nous fût propre, ni qui fût ou sien ou mien. »

Il me semble, avec le recul, que je n'ai cessé d'être Castor et que je n'en finis pas d'attendre Pollux afin de m'élancer, main dans la main, à l'assaut de la voûte étoilée. Car, en laissant ta place vide, tu as fait de moi un fondamentaliste de l'amitié, un idéaliste de la gémellité. En me condamnant à une si intraitable exigence, tu m'as obligé à l'amère déception. Je ne t'en veux pas, mais il m'arrive de me demander si, par jalousie, tu ne t'ingénies pas à m'interdire de nouvelles amitiés gémellaires. Et si mon incapacité à créer des liens durables n'est pas une manière, pour toi, de mesurer l'attachement que je te porte, de témoigner toujours de ton empire sur moi.

Quand j'avais vingt ans, mes amis avaient l'âge qu'aurait eu notre père, et ils appartenaient au monde littéraire qui avait été le sien. Certains m'appelaient leur fils. J'avais de l'affection pour eux. Leur compagnie me rassurait et parfois m'édifiait. Ils aimaient se confier à moi, qui leur survivrais. Mais ils n'avaient pas trop le souci de savoir qui j'étais, derrière ma bonne mine. Cela du moins m'épargnait de croire aux vertus réciproques de l'amitié éternelle. Aujourd'hui, ils sont morts ou vieillissent mal. Ce sont des fantômes qui ajoutent à mon regret, trop occupé que j'étais à les fréquenter, de n'avoir pas su *fraterniser* avec mes contemporains. Et il est trop tard, maintenant, pour rattraper le temps perdu.

J'ai toujours un pincement au cœur lorsque je lis et rencontre un écrivain, ils sont nombreux, né en 1956. Quoi qu'ils écrivent, je ne peux m'empêcher de reconnaître en eux celui que tu aurais pu être. Ce sont, mais ils ne le savent pas, mes doubles imaginaires et rêvés. Je ne me vois pas en eux, je t'observe à travers eux, je te lis dans leurs livres, quels qu'ils soient. Peut-être même, si tu avais vécu, n'aurais-je jamais eu besoin d'écrire.

Je suis né le 4 octobre 1956, à minuit pile. Toi, juste après. Tu m'as laissé la priorité. Je devais être pressé de sortir, en éclaireur. Mais tu as été le premier à partir, en reconnaissance. J'attends encore ton rapport circonstancié, il ne vient pas, sauf de ce ciel que je ne comprends pas, d'où tombe, en ce jour anniversaire, une pluie bavarde, métallique et régulière.

C'est fou ce que les éléments me parlent. J'ai parfois l'impression qu'ils me cherchent. Même en ville, une simple touffe d'herbe ou une fougère naine jaillie sans raison d'entre deux pavés suffit à me faire rêver et un lierre, venu de nulle part pour escalader un mur en se cramponnant au béton, me ravit. Il faut croire que tu m'as rendu un peu phénoménologue. J'aurais aimé connaître Gaston Bachelard et lui demander si, dans l'eau endormie, le vent de l'aube, la flamme d'une chandelle, ou le bruissement soyeux d'un saule pleureur, il était normal d'entendre chanter la voix de son jumeau mort. Une voix toujours aiguë, inarticulée, joueuse, enfantine, alors que la mienne est trop grave, déjà fatiguée, ponctuée de longs silences où tu viens te coucher en gigotant.

Que reste-t-il de toi, qui ne t'es jamais posé, qui n'as pas su ce que croître veut dire, qui n'as pas eu le privilège de te retourner sur le chemin parcouru, qui n'as pas connu le poids infini des regrets et des remords, qui as si peu existé, à peine six années, un petit et fugitif nuage de poussière blanche, un vol de papillon égaré, un éclair de chaleur au-dessus des arbres centenaires ? Des photos en noir et blanc où tu ris à l'objectif qui tente de fixer ta merveilleuse évanescence ; des films en super-8 où tu cours trop vite, sans souci du danger, et que je ne regarde pas en boucle sans frémir ; une longue ride, qui ressemble à un ruisseau d'après l'orage, sur le beau et italien visage de notre mère ; une pierre blanche dans un cimetière de Seine-et-Marne, au bout de la longue route où un chauffard t'a renversé et projeté si haut en l'air qu'on eût dit que tu ne retomberais jamais ; l'image déchirée, déchirante, de ce drame qui n'en finit pas de me hanter ; ce tout petit tombeau de papier, encore plus léger que toi, que sans doute je ne relirai jamais, que j'ai sans doute écrit afin que ton prénom soit un jour imprimé, en capitales rouges, sur une couverture blanche ; et un vide en moi, où tout résonne, dont je ne parviens à mesurer ni la profondeur ni la largeur, mais qui semble grandir avec le temps, inéluctablement.

Après moi, de toi, il n'y aura plus rien. Vouloir te prolonger aura été une illusion. Je ne t'aurai accordé dans ce monde qu'un ajournement dérisoire. À moins que ce soit toi, généreux, qui me l'aies concédé en me soufflant à l'oreille, avant de me quitter : « Va, vis et deviens. » Ce sont, dans le film de Radu Mihaileanu, les mots adressés par une mère éthiopienne à son jeune fils qu'elle envoie en Terre sainte pour le sauver de la famine. Manque seulement une quatrième injonction : « N'oublie pas. » Tu vois, je t'ai bien obéi. J'ai été sage. J'ai avancé, galopé, respiré, ferraillé, aimé, et me suis dédoublé, convaincu que mes hivers d'homme précaire finiraient tôt ou tard par se confondre avec ton printemps d'enfant éternel.

4 octobre 2009 - 4 octobre 2010

Postface

Tu étais mon secret. Je le gardais pour moi, je te gardais pour moi. Cela faisait si longtemps que, en te camouflant, je me dissimulais. Je vivais avec un enfant mort. C'est lourd à porter, un enfant mort.

Parfois, selon le mot de Baudelaire, ceux qui savaient me devinaient. Mais à peine soupçonnaient-ils, sous la démarche ferme, une imperceptible claudication ; ils devaient espérer que, chez moi, l'amnésie croîtrait en vieillissant. Les autres mettaient mes moments de mélancolie, mes échappées cavalières, ma propension croissante à la solitude, mes regards rêveurs tournés vers le bleu du ciel, mon goût presque fétichiste pour le début des années soixante – ses Peugeot 203, sa télévision en noir et blanc, ses U-25 filant sur le bassin du Luxembourg, ses pupitres en bois et ses rues provinciales pavées –, mais aussi la peur qu'on me manque, qu'on me quitte brutalement, sur le compte du temps qui passe et de l'âge qui vient, avec son long cortège de regrets.

Je m'accommodais fort bien, moi le dépossédé, de n'être pas démasqué. Car j'ai toujours pensé qu'on doit être jugé – en bien comme en mal – sur ce que l'on fait, pas sur ce que l'on est. Et je ne voulais pas que notre gémellité brisée devînt une proposition causale, une explication. Encore moins un de ces salons où chacun participe à une psychothérapie de groupe, apporte son témoignage, s'arroge la souffrance d'autrui afin de la raisonner, de l'interpréter, de la banaliser. Après tout, rien ne m'obligeait à te rendre public. À moi seul tu appartenais. Tu étais à la fois mon trésor et mon manque, ma force et ma faiblesse, mon jour et ma nuit, mon double unique et parfait.

C'est, une fois la cinquantaine passée, l'hypothèse de ma disparition qui t'a fait apparaître. Je craignais tellement qu'on t'oubliât, toi à qui je n'ai jamais laissé de penser, à qui je ne cesse de m'adresser. Désormais, tu n'es plus ce petit clandestin qui voyageait dans ma soute obscure, cet exilé dont j'avais la charge et que je nourrissais en haute mer. Avec ce livre, tu as pris soudain la lumière – un peu dure et crue, la lumière, pardonne-moi. J'avais l'impression que tu plissais tes jolis yeux dans l'aveuglant soleil de midi, que tu t'offusquais d'être dérangé dans ta tranquille éternité et notre exclusive complicité, façon de me glisser à l'oreille que je te suffisais.

Oh, je ne regrette rien. Il fallait bien qu'un jour, ce secret fût levé. Comprends-moi : j'étais arrivé à un moment de mon existence où je ne pouvais plus avancer sans reculer jusqu'à toi. La publication de ce récit m'a été un mélange de douleur et de bonheur. Douleur de me repasser en boucle la scène traumatisante de l'accident ; douleur de tenter encore et encore de la raconter sans être submergé par l'émotion ; douleur de devoir désigner l'invisible cicatrice que je garderai jusqu'à la fin de mes jours. Mais bonheur fou de voir ton prénom exposé partout, prononcé par des gens anonymes qui ne te connaissaient pas et maintenant te tutoyaient dans des lettres affectueuses, passionnelles, qu'on nous envoyait à tous les deux, Olivier et Jérôme, Olivier et Jérôme, Olivier et Jérôme...

Cette vie qu'un chauffard t'a prise, évidemment ce livre ne te l'a pas rendue, mais il m'a restitué, intact, indestructible, idyllique, le couple que nous formions. Et il m'a donné la plus belle des récompenses, la seule que, au fond de mon cœur, j'espérais : l'attendrissant sourire de notre mère. Tu sais combien j'appréhendais sa lecture et les souvenirs que les miens réveilleraient chez elle. Or, ce que, par une pudeur partagée, nous ne nous disions pas, mes pages l'ont libéré. Jamais, elle ne m'a mieux et davantage parlé de toi, de nous, de ses jumeaux pour toujours. Ce livre n'était plus un livre, c'était toi, réincarné. Quand elle me disait : « j'ai vu *Olivier* à la vitrine d'un libraire » ou : « tu sais, des amis ont aimé *Olivier* », quand elle m'accueillait chez elle d'un claironnant : « comment va *Olivier* ? », j'entendais tout autre chose, et il me semblait qu'elle me demandait des nouvelles de toi, qu'elle attendait que je lui raconte nos parties de cache-cache dans le square de Saint-Julien-le-Pauvre ou le jardin de Bray.

Merveille, pour moi, que ce présent perpétuel. Il ressemble au rosier que maman fit planter sur ta tombe, en juillet 1962, et qu'elle taille chaque année, avant les beaux jours. Cinquante ans plus tard, il persiste à fleurir, défiant les saisons, refusant de mourir, dressant le port, grimpant vers l'azur et répandant ses pétales de soie rouge sur la dalle blanche. Chaque fois qu'elle me décrit sa stupéfiante floraison, je pense à ces lignes de Ramón Gómez de la Serna : « L'immortalité de la rose consiste dans le fait qu'elle est sœur jumelle des roses futures. »

Désormais, aux presque six années que nous avons vécues ensemble, j'ajoute non seulement le demi-siècle que, à l'abri des regards, nous avons traversé main dans la main, mais aussi les mystérieux neuf mois qui ont précédé notre venue au monde. Un essai d'Alfred et de Bettina Austermann, *Le Syndrome du jumeau perdu*, m'a confirmé ce que je pressentais : nous dialoguions et jouions déjà dans le ventre de notre mère. Pour donner la mesure, parfois tragique, de cette vie gémellaire d'avant la naissance, ces deux psychothérapeutes allemands racontent que des médecins ont pu observer, grâce à des échographies, le phénomène inouï et bouleversant d'un jumeau mettant son bras autour de son frère dont le cœur s'affaiblissait, lentement s'éteignait et, après qu'il eut cessé de battre, se retirant dans l'utérus, recroquevillé sur son désarroi amniotique. Il paraît que le survivant se souviendrait même de son jumeau perdu durant la grossesse, en éprouverait une nostalgie profonde, ineffaçable.

Je mesure aujourd'hui la chance que nous avons eue de naître et de grandir ensemble. Cet enchantement, j'ai voulu l'exprimer, le serrer, dans ce livre sur la couverture duquel j'ai choisi de mettre une photo prise en mai 1960, au pied de Notre-Dame-de-Paris. Elle ne quitte pas mon bureau, où elle est encadrée à côté d'une image arrêtée de notre père, à cheval sur la plage de Saint-Laurent-sur-Mer. Nous sommes mignons, dans nos bottines blanches. Nous sourions au printemps de la vie, à l'avenir. Je l'aime, cette photo, parce que c'est toi, Olivier, qui mets le bras autour de mon cou. On dirait que tu veux me protéger et signifier à notre père, qui tenait l'appareil, que jamais tu ne me quitteras. Et tu ne m'as jamais quitté.

Avril 2012

DU MÊME AUTEUR

Romans

C'ÉTAIT TOUS LES JOURS TEMPÊTE, *Gallimard*, 2001. Prix Maurice Genevoix (Folio n° 3737).

LES SŒURS DE PRAGUE, *Gallimard*, 2007 (Folio n° 4706).

L'ÉCUYER MIROBOLANT, *Gallimard*, 2010. Prix Pégase Cadre Noir (Folio n° 5319).

BLEUS HORIZONS, *Gallimard*, 2013. Prix François Mauriac, prix Jean Carrière, Grand Prix de l'Académie nationale de Bordeaux (Folio n° 5805).

Récits

LA CHUTE DE CHEVAL, *Gallimard*, 1998. Prix Roger Nimier (Folio n° 3335, *édition augmentée* ; La Bibliothèque Gallimard n° 145, *présentation et dossier de Geneviève Winter*).

BARBARA, CLAIRE DE NUIT, *La Martinière*, 1999 (Folio n° 3653, *édition augmentée*).

THÉÂTRE INTIME, *Gallimard*, 2003. Prix Essai France Télévisions (Folio n° 4028, *édition augmentée*).

BARTABAS, ROMAN, *Gallimard*, 2004. Prix Jean Freustié (Folio n° 4371, *édition augmentée*).

SON EXCELLENCE, MONSIEUR MON AMI, *Gallimard*, 2008. Prix Prince Pierre de Monaco, prix Duménil (Folio n° 4944, *édition augmentée*).

OLIVIER, *Gallimard*, 2011. Prix Marie-Claire (Folio n° 5445, *édition augmentée*).

Essais

POUR JEAN PRÉVOST, *Gallimard*, 1994. Prix Médicis Essai ; Grand Prix de l'essai de la Société des gens de lettres (Folio n° 3257).

LITTÉRATURE VAGABONDE, *Flammarion*, 1995 (Pocket n° 10533, *édition augmentée*).

PERSPECTIVES CAVALIÈRES, *Gallimard*, 2003. Prix Pégase de la Fédération française d'équitation (Folio n° 3822).

LES LIVRES ONT UN VISAGE, *Mercure de France*, 2009 (Folio n° 5134, *édition augmentée*).

GALOPS, Perspectives cavalières II, *Gallimard*, 2013 (« inédit » Folio n° 5622).

LE VOYANT, *Gallimard*, 2015. Prix littéraire de la Ville de Caen, prix Nice Baie des Anges, prix Relay des voyageurs lecteurs, prix d'une vie — *Le Parisien Magazine* 2015, prix Robert-Joseph 2016 (Folio n° 6115, *édition augmentée*).

NOS DIMANCHES SOIRS, *Grasset*, 2015.

Journal

CAVALIER SEUL, Gallimard, 2006 (Folio n° 4500, *édition augmentée*).

Correspondance

FRATERNITÉ SECRÈTE, CORRESPONDANCE JACQUES CHESSEX- JERÔME GARCIN, Grasset, 2012.

Dialogues

ENTRETIENS AVEC JACQUES CHESSEX, *La Différence*, 1979.

SI J'OSE DIRE, ENTRETIENS AVEC PASCAL LAINÉ, *Mercure de France*, 1982.

L'ÉCOLE BUISSONNIÈRE, ENTRETIENS AVEC ANDRÉ DHÔTEL, *Pierre Horay*, 1983.

DE MONTMARTRE À MONTPARNASSE, ENTRETIENS AVEC GEORGES CHARENSOL, *François Bourin*, 1990.

Direction d'ouvrages

DICTIONNAIRE DE LA LITTÉRATURE FRANÇAISE CONTEMPORAINE, *François Bourin*, 1988. Édition augmentée : DICTIONNAIRE DES ÉCRIVAINS CONTEMPORAINS DE LANGUE FRANÇAISE PAR EUX-MÊMES, *Fayard/Mille et une nuits*, 2004.

LE MASQUE ET LA PLUME, avec Daniel Garcia, *Les Arènes*, 2005. Prix du Comité d'Histoire de la Radiodiffusion (10-18 n° 3859).

NOUVELLES MYTHOLOGIES, *Le Seuil*, 2007 (Points Essais n° 661).

COLLECTION FOLIO

Dernières parutions

5955. Cicéron — « *Le bonheur dépend de l'âme seule* ». *Tusculanes, livre V*
5956. Lao-tseu — *Tao-tö king*
5957. Marc Aurèle — *Pensées. Livres I-VI*
5958. Montaigne — *Sur l'oisiveté et autres essais en français moderne*
5959. Léonard de Vinci — *Prophéties* précédé de *Philosophie* et *Aphorismes*
5960. Alessandro Baricco — *Mr Gwyn*
5961. Jonathan Coe — *Expo 58*
5962. Catherine Cusset — *La blouse roumaine*
5963. Alain Jaubert — *Au bord de la mer violette*
5964. Karl Ove Knausgaard — *La mort d'un père*
5965. Marie-Renée Lavoie — *La petite et le vieux*
5966. Rosa Liksom — *Compartiment n° 6*
5967. Héléna Marienské — *Fantaisie-sarabande*
5968. Astrid Rosenfeld — *Le legs d'Adam*
5969. Sempé — *Un peu de Paris*
5970. Zadie Smith — *Ceux du Nord-Ouest*
5971. Michel Winock — *Flaubert*
5972. Jonathan Coe — *Les enfants de Longsbridge*
5973. Anonyme — *Pourquoi l'eau de mer est salée et autres contes de Corée*
5974. Honoré de Balzac — *Voyage de Paris à Java*
5975. Collectif — *Des mots et des lettres*
5976. Joseph Kessel — *Le paradis du Kilimandjaro et autres reportages*
5977. Jack London — *Une odyssée du Grand Nord*
5978. Thérèse d'Avila — *Livre de la vie*

5979.	Iegor Gran	*L'ambition*
5980.	Sarah Quigley	*La symphonie de Leningrad*
5981.	Jean-Paul Didierlaurent	*Le liseur du 6h27*
5982.	Pascale Gautier	*Mercredi*
5983.	Valentine Goby	*Sept jours*
5984.	Hubert Haddad	*Palestine*
5985.	Jean Hatzfeld	*Englebert des collines*
5986.	Philipp Meyer	*Un arrière-goût de rouille*
5987.	Scholastique Mukasonga	*L'Iguifou*
5988.	Pef	*Ma guerre de cent ans*
5989.	Pierre Péju	*L'état du ciel*
5990.	Pierre Raufast	*La fractale des raviolis*
5991.	Yasmina Reza	*Dans la luge d'Arthur Schopenhauer*
5992.	Pef	*Petit éloge de la lecture*
5993.	Philippe Sollers	*Médium*
5994.	Thierry Bourcy	*Petit éloge du petit déjeuner*
5995.	Italo Calvino	*L'oncle aquatique*
5996.	Gérard de Nerval	*Le harem*
5997.	Georges Simenon	*L'Étoile du Nord*
5998.	William Styron	*Marriott le marine*
5999.	Anton Tchékhov	*Les groseilliers*
6000.	Yasmina Reza	*Adam Haberberg*
6001.	P'ou Song-ling	*La femme à la veste verte*
6002.	H. G. Wells	*Le cambriolage d'Hammerpond Park*
6003.	Dumas	*Le Château d'Eppstein*
6004.	Maupassant	*Les Prostituées*
6005.	Sophocle	*Œdipe roi*
6006.	Laura Alcoba	*Le bleu des abeilles*
6007.	Pierre Assouline	*Sigmaringen*
6008.	Yves Bichet	*L'homme qui marche*
6009.	Christian Bobin	*La grande vie*
6010.	Olivier Frébourg	*La grande nageuse*
6011.	Romain Gary	*Le sens de ma vie* (à paraître)
6012.	Perrine Leblanc	*Malabourg*

6013.	Ian McEwan	*Opération Sweet Tooth*
6014.	Jean d'Ormesson	*Comme un chant d'espérance*
6015.	Orhan Pamuk	*Cevdet Bey et ses fils*
6016.	Ferdinand von Schirach	*L'affaire Collini*
6017.	Israël Joshua Singer	*La famille Karnovski*
6018.	Arto Paasilinna	*Hors-la-loi*
6019.	Jean-Christophe Rufin	*Les enquêtes de Providence*
6020.	Maître Eckart	*L'amour est fort comme la mort et autres textes*
6021.	Gandhi	*La voie de la non-violence*
6022.	François de La Rochefoucauld	*Maximes*
6023.	Collectif	*Pieds nus sur la terre sacrée*
6024.	Saâdi	*Le Jardin des Fruits*
6025.	Ambroise Paré	*Des monstres et prodiges*
6026.	Antoine Bello	*Roman américain*
6027.	Italo Calvino	*Marcovaldo* (à paraître)
6028.	Erri De Luca	*Le tort du soldat*
6029.	Slobodan Despot	*Le miel*
6030.	Arthur Dreyfus	*Histoire de ma sexualité*
6031.	Claude Gutman	*La loi du retour*
6032.	Milan Kundera	*La fête de l'insignifiance*
6033.	J.M.G. Le Clezio	*Tempête* (à paraître)
6034.	Philippe Labro	*« On a tiré sur le Président »*
6035.	Jean-Noël Pancrazi	*Indétectable*
6036.	Frédéric Roux	*La classe et les vertus*
6037.	Jean-Jacques Schuhl	*Obsessions*
6038.	Didier Daeninckx – Tignous	*Corvée de bois*
6039.	Reza Aslan	*Le Zélote*
6040.	Jane Austen	*Emma*
6041.	Diderot	*Articles de l'Encyclopédie*
6042.	Collectif	*Joyeux Noël*
6043.	Tignous	*Tas de riches*
6044.	Tignous	*Tas de pauvres*
6045.	Posy Simmonds	*Literary Life*
6046.	William Burroughs	*Le festin nu*

Composition cmb graphic
Impression Novoprint
à Barcelone, le 16 août 2016
Dépôt légal : août 2016
1er dépôt légal dans la collection: août 2012

ISBN 978-2-07-044793-0./Imprimé en Espagne.

307386